未竟的降落

清水眷村的起、承、轉

主編／好風土文化

目次

局長序

　　走進清水的中社路一帶，時常有股油蔥與麻醬的香味撲鼻而來，這裡林立著幾家遠近馳名的擀麵店，每逢用餐時刻總是高朋滿座，那味道對於外地的觀光客而言是點綴旅途的地方美食，然而對眷村人來說，卻是一股濃濃的家鄉味與生活的記憶。

　　清水眷村的人們來自中國南北各地的省分，麵食與辣味是與生俱來的味蕾，因為思念家鄉的味道，許多眷村爸爸在軍旅生涯之餘便親手製作料理，傳授妻子兒女美味的秘訣，也分享著關於料理的種種回憶。由於清水的七個眷村位置相近，形成了一大眷區生活圈，自然而然有市場聚集，擁有好手藝的眷村人便出來擺攤賣起家裡常做的麵食。

　　市場裡除了眷村的美食，雜貨小鋪、理髮店也紛紛開設起來，這裡是眷村人的交流中心，而村外的人也經常聞香光顧，眷村的味道不僅勾起思鄉的心情，同時也是串起不同族群聯繫交流的重要所在。如今市場從街邊移進大樓裡，房舍也改建成高樓層

的公寓住宅，眷村的味道經過時間流轉，雖還能在美食小店裡一嚐，卻難以再見到它從巷弄中、圍牆裡飄散出飯菜香的日常情景。

　　文化局致力保存的，便是那味道背後代表的歷史與文化意義，是眷村裡，人與人之間緊密的情感與獨特的生活樣貌。經由本書的出版，希望能讓大眾看見在眷村建築的修復活化之外，文化單位對於記憶傳承的重視與努力，讓我們一起翻開書本，閱讀清水眷村珍貴動人的生命身影與故事。

陳佳君

臺中市政府文化局 局長

推薦序

　　眷村的故事對許多年輕人而言，既熟悉又陌生。近年常常可以看到一些眷村聚落的活化——成為藝文展演、複合餐飲空間或文物館，惟參訪過程不甚清楚這些地方承載的艱辛和生活背景。有別於其他清代形成的聚落、舊城或日治時期發展的老街，眷村的特別之處在於全村無人繼續居住在此空間。這是因為眷村在當時的規劃僅作為臨時性的居所，部分空間環境條件品質不佳，因此在改建計畫實施後，原眷戶均被安置到國宅居住，於是眷村的故事，成為無法繼續在空間裡面書寫的歷史，只能被凍結在一段特定的時空背景。就像是長輩間流傳的軼事，即使是眷村人的後代，也只是聽過父親說爺爺曾經歷了什麼……許多細節還是只有親身經歷過的人才能深刻體會，而這個體會如果沒有以文字、聲音、影像記錄下來，最後就只留下簡短的傳說，而無法成為能夠代代相傳的傳奇。

　　眷村是1949年起，因國共內戰導致政府大規模移民來臺，為了安置遷移的軍人及軍眷臨時的居住需求而產生的村落。因居住

條件較為克難，故村裡的公共性空間更顯得重要，而這也成為臺灣獨特的文化，不管是眷村的建築與空間環境紋理、生活文化特色，都具有歷史時代背景的特殊意義。因此臺中清水的眷村發展與日常生活，能夠透過《未竟的降落：清水眷村的起、承、轉》這本書彙整記錄下來，將成為相當珍貴的文獻。從貴州烏鴉洞的發動機製造廠、杭州降落傘製造廠的歷史開始敘事，到遷徙來臺進駐臺中清水的過程，以及最後逐漸成家立業在村裡生活的日常，透過文字鋪陳讓我們能夠完整回顧每個歷史的片段，是這本書最重要的價值所在。

　　清水眷村住戶的組成背景主要為空軍發動機製造廠與降落傘製造廠的技術人員，屬於需要較高技術專業的單位，是非常重要的後勤單位。如蔣總統中正先生所昭示──「無空防即無國防」，而航空工業更是空軍的技術核心，可見清水眷村在當時國防上的重要性。經歷了戰爭的動亂，來不及和親友道別，便來到了臺灣，眷村居民們在漂泊中嘗試重新定義「家」的概念，於是在清水

這個地方建立了濃厚的生活情感。由於發動機和降落傘製造廠的背景，村民們都具備著金工和裁縫的技能，運用飛機的廢鐵剩料自己打造鍋鏟，或用降落傘布自製窗簾、書包等，也成為清水眷村與其他眷村不同的文化特色。書中鉅細彌遺的描述，透過村內的日常細節來介紹建築與公共空間，突顯出鄰里互動的密切。而本書另一個獨特的篇章是人物故事的書寫，能夠將特定人物的珍貴回憶透過文字傳承下去，讓我們能更完整去拼湊眷村故事的原貌。透過這些記憶的流傳，能協助未來眷村保存工作的推動，讓更多人體會眷村生活所經歷的艱辛、鄉愁、和睦與喜樂。

劉為光

中原大學地景建築學系副教授
中華民國眷村資源中心計畫主持
文化部文資局再造歷史現場專案計畫輔導團（眷村組）協同主持

從前從前
有個烏鴉洞

臺灣中部的航空軍事工業聚落，可謂是清水眷村居民最初相聚的原因。當初是哪些人從中國漂洋過海來到臺灣，又何以在清水相聚？

清水眷村的前世，有著民國成立之初航空救國的壯志激昂、中日戰爭猛烈的砲火轟擊、國共內戰後政府遷臺的徬徨、降落清水後的克難與打拚。每當回想起從貴州大定烏鴉洞起飛的「發動機製造廠」，和從浙江杭州飄洋過海落下的「降落傘製造廠」，還有因應中美合作從屏東換防臺中機場擴建的「陽明山計畫」，總會勾起那些令人懷念的過往，然而這些往昔裡的經歷、生活與滋味，也正是成就清水眷村一代人的文化。

本章，讓我們隨著運轉的發動機，從烏鴉洞起飛，共同航向未竟的旅程……

從貴州大定
烏鴉洞起飛
發動機製造廠

　　「我們終於成功製造出第一台航空發動機了！！」歐陽這輩子都忘不了那天在地形隱密的烏鴉洞中全廠震天尬響的歡呼聲——那是大定廠的官兵員工耗費三年時日，終於自製出第一批航空發動機，在通過美國萊特原廠的鑑定測試後，裝置於美製運輸機上，由昆明成功試飛南京的那一刻。

　　貴州大定廠好不容易撐過二戰的砲火後迎來成功自製發動機的壯舉，卻又陷入國共內戰的動亂，在接獲上級遷廠命令後，顧廠長即多方奔走大定、廣州和臺灣等實地勘查，將廠區業務交由汪副廠長代理。而總是埋首專注於機械操作的歐陽，只能在夜半收聽廣播以掌握目前國共內戰的情勢，不料收音機卻傳來新華電台放送著前員訓班學員向大定廠的錄音喊話，加上廠內出現擁護汪副廠長一派的護廠聲浪：「工人無祖國……臺灣乃彈丸之地，難以發展工業，臺灣老百姓的生活困苦，都是吃香蕉皮過活，養不活工人……」，四起的流言蜚語搞得大定廠人心惶惶，歐陽也不免為自己的未來感到憂心。但，望著顧廠長為遷廠一事勞心勞力並擬定嚴謹遷廠計畫的身影，為了能再次重現全廠的上下一心和感受熱騰的歡呼聲響，歐陽暗自下定了決心……

孫中山力倡「航空救國」，提出中華民國應建立自己的航空工業和發展強大空軍的願景。

1921年，中華民國政府在廣州成立，孫中山在歡騰的吶喊中高聲提倡「航空救國」的理念。在發展航空工業的願景下，政府於廣州大沙頭成立航空局及飛機隊，隨後派遣優秀青年出國進修航空技術，國內外菁英也紛紛投入航空事業，期待有朝一日能飛向蔚藍的天空。

孫中山與夫人於樂文士號前合影。

而當年創製的第一架飛機於1923年正式完工起飛，孫中山攜手夫人宋慶齡一同前往觀禮，並以宋慶齡的英文名字「Rosamonde」為其命名。

這架「樂士文一號」集結了眾人的努力，因此孫中山特別親題「志在沖天」贈予幕後功臣——航空局長楊仙逸。與此同時，希望士兵們，都能仿效他堅持不懈、勇於挑戰的精神。在樂士文號成功試飛的激勵下，蔣中正亦延續這份志向，提出「無空防即無國防」的口號，對於航空工業仍寄予厚望。接著，蔣中正於1925年建議政府採行軍政意見書中發展航空工業的事項：撥款創辦飛機製造廠以及建制較大規模的航空學校，並在軍官學校內也分立航空科等專科訓練體系，讓航空事業的體制更加完善、

孫中山曾親題「志在沖天」之墨寶予航空局長楊仙逸誌念其功績。

「中央航空機械學校」是為培育中華民國空軍航空機械技術人員，於1933年在江西南昌建校，後因對日抗戰隨國民政府遷校至四川成都，1938年改制為「空軍機械學校」，1949年因國共內戰遷至高雄岡山。
（歐陽宜芳*提供，1947）

規模更加擴大。

　　而航空事業的發展以及飛機製造廠的需求，終究脫離不了最重要的核心元件——有飛機心臟之稱的「發動機」。1939年的夏天，航空委員會決定籌備發動機製造廠，以能夠自行生產航空發動機為目標，同年發動機製造廠籌備處便於昆明柳壩村前中德飛機製造廠舊址成立。

　　當時派任為籌備處處長的李柏齡，被委以重任及鉅款，期望以最快的速度設置好發動機製造廠、並完成向美國訂購相關設備等任務，同時李處長也親自前往美國，招募當時在航空工業任職的七位航空專家（分別為：李耀滋、錢學渠、張汝梅、梁守穎、程嘉厚、胡旭光、沈運乾）。

　　1940年籌備處馬不停蹄地開展設廠工作，向美國萊特發動機廠接洽、引進技術和招聘人員，訂購的物資陸續到達緬甸仰光，

發動機

「發動機」為我國早期對於航空引擎（Aircraft engine）的稱呼。發動機主要指稱用來產生拉力或推力，使飛機能夠前進的動力裝置。此外，發動機還可以連動飛機上的電力設施，為其提供能源，是航空工業中有較高技術需求的品項。（陳展鵬*提供）

蔣中正於1942年至羊場壩視察，與全體員士合影於清虛洞廣場（原擬建廠之地）。（彭建雲＊提供，1942）

相關的廠房設施也已接收完畢。但就在距離昆明市西南方三十多
公里的安寧即將建立發動機製造廠的前夕，無情的抗戰之火一把
燒來且連綿不絕，遭受日軍戰鬥機猛烈的轟炸，發動機製造廠籌
備處廠房瞬間付之於火海、夷為平地。

　　籌備處的總工程師李耀滋，面對這樣的巨變絲毫沒有退縮，
他沿著黔滇公路試圖尋覓重建的廠址，總算不負苦心，在貴州省
大定縣（今大方縣）羊場壩（當地居民亦稱作羊腸壩）找到一處位
處邊陲、不易被敵機發現、形似烏鴉的隱密溶洞——當地人口中
的「烏鴉洞」。這裡洞口隱蔽、洞內寬敞，又在洞後發現豬鬃河，
河水質清澈、流量穩定，每日供水可達五十噸，並且鄰近之處有

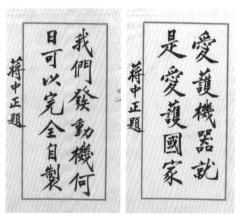

蔣中正視察烏鴉洞後親題之訓示。（馮
振義＊提供，1943）

於大定縣烏鴉洞中的發動機製造廠。
（歐陽璽＊提供，1946）

無煙煤產出，可用來建立蒸氣水泵站，成為設立發動機製造廠的絕佳場所。

　　1941年在烏鴉洞及約兩公里外的清虛洞設立「發動機製造廠」，發動機作為飛機核心元件，製造廠的成立和位置自然必須保密，內部單位只簡單稱其為「發製廠」或「航發廠」，對外更是以「雲發（Wind Fly）貿易公司」或「雲發機器製造公司」的稱呼作掩飾，小心保護這重要的軍事機密。

　　大定發動機製造廠一方面隨著人員的擴編，需要更多空間；另一方面烏鴉洞與清虛洞內的建築設備逐漸腐蝕，基於安全上的

發動機製造廠員工合影。（歐陽宜芳＊提供，1944）

發動機製造廠航照圖

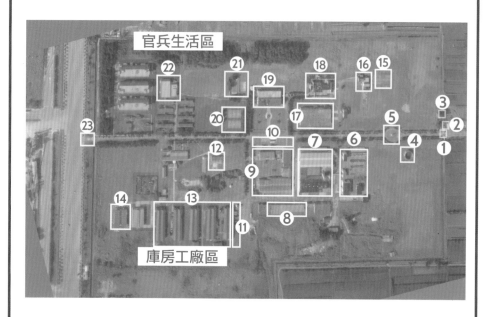

官兵生活區

庫房工廠區

① 大門
② 值星官室
③ 醫務室
④ 溶劑池
⑤ 蔣公銅像
⑥ 吊掛間
⑦ 發動機1線工廠
⑧ 汽缸工廠

⑨ 廠辦
⑩ 電話間
⑪ 車輛
⑫ 舊餐廳
⑬ 補給庫房（五棟）
⑭ 招待所
⑮ 消防班
⑯ 設施股

⑰ 發動機2線工廠
⑱ 發動機試車台
⑲ 辦公大樓
⑳ 籃球場
㉑ 中正堂
㉒ 新餐廳
㉓ 後門

發動機製造廠

1939年11月21日成立發動機製造廠籌備處，至1941年1月1日於貴州大定正式成立「發動機製造廠」，編制官佐28員、機械士100員、學徒30員、士兵37員，直接隸屬於航空委員會。「大定發動機製造廠」的編制與名稱幾經丕變：1946年大定發動機製造廠改隸於航空工業局，並改稱為「第一發動機製造廠」，遷址廣州龍潭。1949年發動機製造廠遷臺至臺中清水中社里，同年11月1日修正編制，改稱「空軍金工發動機製造廠」，12月1日恢復原番號「空軍發動機製造廠」。1954年，因應國防政策改變，空軍總司令部改制空軍後勤單位，航空工業局因而改制為空軍技術局。同年11月1日，空軍發動機製造廠編制併入空軍第三供應處（三供處），取消番號正式走入歷史。

考量，也希望尋求交通更為方便的廠址，於是在第三任廠長顧光復上任後，開始著手規劃將大定發動機製造廠從烏鴉洞遷徙至廣州市郊龍潭地區的新廠房。但面對難以抗拒的時代變動，發動機製造廠隨後收到了遷廠臺灣的指示。發動機製造廠的員工們對這樣的決策有著不同的顧慮：有些人無法毅然決然離開生長的土地；另一些人則對臺灣這個陌生的島嶼感到遲疑。與此同時，還要帶著眾多精密器械一同遷移，更是一樁浩大不易的工程。

　　1949年二月，廠長顧光復前往臺中清水勘察廠址，便將廠務暫時交由副廠長汪福清代理，不料汪福清當時帶領著一批主張護廠的員工，他們搖旗吶喊，高呼著「工人無祖國」，並說臺灣是

空軍總司令部第一發動機製造廠「員工訓練班第七期」學員完成受訓之畢業紀念合影。（陳賓運*提供，1947）

一個小地方，根本發展不了工業、也養不活工人，直接帶頭表達反對遷廠。經過幾番阻攔，最終製造廠有部分員工沒有跟著遷廠到臺灣，但大部分的士軍官依然遵照上級的指示，奔赴海峽另一端。他們多半來不及與鄉里的老友告別，更別說回家探望至親，未能想到這一離開便是大半輩子。

1949年五月，大定發動機製造廠撤銷了編制，成立疏運處，遷往臺灣。士兵們整理好行囊、收拾好心情，同心協力將機器設備裝箱打包，送上運輸卡車。至此設備、器械與人員兵分兩路，各自輾轉來到臺灣，在臺中清水重新聚首。這便成為了清水發動機製造廠的起始點，爾後製造廠才與「清水降落傘製造廠」合併改隸為「空軍第三供應處」（三供處）。

空軍發動機製造廠遷臺後，員工訓練班在臺成立，歷屆學員於清水鎮公所前合影。（酈乃淼*提供，1951）

　　而發動機製造廠遷臺後，將日治時期的日本海軍第六燃料廠與員工宿舍進行整修，並建造中樞辦公大樓及發動機試車臺等設施，在眾人齊心協力下迅速地完成了建廠工作。廠房完成後，士兵及眷戶的居所成為首要建設考量，為求廠區同仁的工作便利，

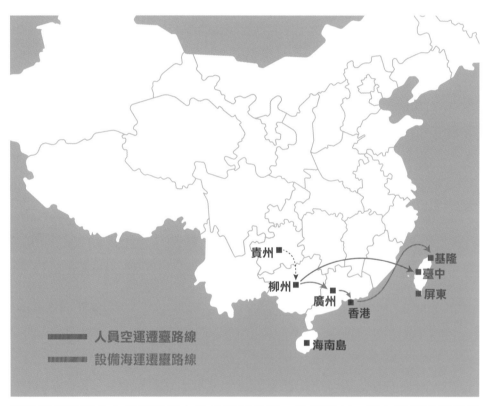

發動機製造廠的人員與設備由貴州送至貴陽，途經都勻、獨山至廣西柳州集結。此後再分為海空二路：具備修製發動機專才的空軍後勤人員和眷屬從柳州出發，攜帶部分器械搭乘民航隊飛機直飛臺中水湳機場；其餘人員與設備則沿著西江（珠江的主幹流）至香港，再換乘輪船轉往基隆，最後以鐵路沿海線到達清水、梧棲。
（《臺中清水眷村文化園區整體規劃案報告書》，2014，遷徙路線為本書改繪）

空軍第三供應處沿革簡介。
（張木村＊提供，1950）

日本海軍第六燃料廠

1940年日本海軍省軍需局施行「第五軍備計畫」，規劃於二戰期間於日本本島及殖民地建立新的燃料廠，以因應戰時燃料需求。1941年4月日本海軍發布「海軍燃料廠令改正」，確立在本島興建四座燃料廠，第五、六燃料廠則分別於朝鮮平壤及臺灣高雄設立。高雄廠另設有兩分廠，其一為新竹州新竹市的新竹支廠，其二為臺中洲大甲郡清水的新高支廠，也就是本書提到的「日本海軍第六燃料廠」。1944年10月，美軍對臺的空襲以高雄第六燃料廠及其支廠為目標，二戰期間，燃料廠主要負責供應軍用飛機使用燃油，包含航空母艦上神風特攻隊所使用的戰鬥機，但因為日本在臺無空軍編制，故燃料廠隸屬於海軍航空隊。戰後燃料廠的設備被中國石油公司所接收，部分廠區成為軍隊宿舍。本書在描述「日本遺留宿舍」時，使用之「日本海軍第六燃料廠」與「石油公司」實為同一單位。

空軍三供處的行政大樓、永懷
領袖銅像、發動機廠廠房之舊
貌。（張木村*提供，1976）

　　眷舍大多沿著發動機製造廠而建，並接收日治時代遺留的平房宿
舍，即為現今信義新村所在地。

　　從烏鴉洞起飛，大定發動機製造廠的員工從此與清水結下深
厚的因緣，清水更是從生命中的中途站逐漸變成第二個故鄉，他
們在這裡度過青春歲月直至步入老年，喜怒哀樂、柴米油鹽都和
清水與共，並成為清水眷村的一頁歷史、一則故事。

✕　✕　✕

「新生車順利從清水駛往臺中了！我們又成功了！」聽見這消息，歐陽不禁拍拍身邊共同遷臺的舊友老蕭的肩，倆人對視不禁熱淚盈眶……當時連同自己，僅三分之一的官兵員工不畏艱險跟著顧廠長的指示，從烏鴉洞來到了清水。憑藉著輸運來臺不到五成的克難機具，在清水一帶胼手胝足地展開復廠工作。因應著發製廠遷臺後軍事政策的調整，將發動機改裝於軍車上的計畫，他們再一次在顧廠長的帶領下，齊心齊力挑戰著不可能的任務。

　　而新生車計畫的成功，不僅得到空軍技術局朱中將的嘉許，更受到老總統的親校。而清水廠不僅因新生車計畫參與國軍克難成果展覽會，幾位同袍也因此榮獲克難英雄的殊榮。與此同時，廠內所製造的直升機零組件也受到美國貝爾董事長來臺考察時的肯定。這一項又一項的榮耀，讓歐陽為自己當初來臺的決定感到無悔，因為他知道接下來在清水廠的日子，還會經歷無數次的全廠一心和自豪的歡呼聲。

朵朵傘花的守護者

降落傘製造廠

　　「ㄅㄆㄇㄈ……」伴隨稚嫩但發音標準的童聲，馨文一個字、一個字指著注音符號努力地跟著咬字。「ㄅ、ㄆ、ㄇ、ㄈ……」。

　　在空軍服役的丈夫固然薪資穩固，但並不優渥，孩子一個個出生後，日子便更顯得拮据，為了維持家用，馨文常常得找兼職工作以貼補支出。

　　那日正好看到眷村附近的降落傘製造廠在招工，傘廠有相對穩定的薪資與上班時間，所以馨文也跟著其他眷戶積極爭取進傘廠工作的機會。但要進傘廠工作並非一件簡單的事，除了縝密的身家調查、測考車縫技巧外，還得要會識寫國字才行。馨文自小失學，並不識字，不過為了全家人的生活著想，這份工作十分重要，為此馨文咬緊牙根從頭學起。於是，年幼的兒子也充當小老師，帶著馨文一點一滴學會辨讀國字、注音。

✘　　✘　　✘

　　談起清水眷村的前世，不得不提到這一批無名英雄，他們雖然不是前線戰場上英勇抗敵的戰士，卻是傘兵同袍們身後強大的後援與守護者；他們數十年如一日埋首在縫紉機前，專注而仔細地在量尺與剪刀之間精心製作著傘兵降落傘──他們是降落傘製造廠的員工們。

　　響應「航空救國」的號召，成立的不僅僅是發動機製造廠，連

同飛機製造廠、降落傘製造廠、配件製造廠等相關軍工業也都接續設立，共同為航空事業的發展齊心努力。

　　1934年，降落傘製造廠在杭州成立，主要負責製造坐傘、背傘、胸傘，並向軍事工業前衛的美國學習，製作仿美式傘。傘廠內分工明確，員工各個聚精會神的完成分內工作，安靜地只剩下縫紉車的運行聲及剪刀滑過傘布的沙沙聲響。「專注」是傘廠工作人員每天上工必備的狀態，因為降落傘的品質攸關著每一個傘兵的生命，所以在製傘流程中務必要聚焦細節並反覆查驗，方能縫製出安全無虞的降落傘。未來在某個天氣明朗的日子，軍機滑

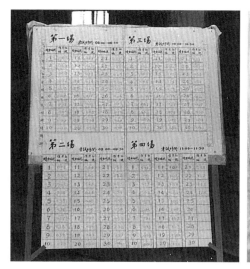

清水傘廠主要為製作降落傘，當時為照顧軍眷生活，員工招考以軍眷村眷屬為優先。圖為傘廠招考縫紉工考試實作規則及考場編號。
（孫清雲* 提供，1969）

過跑道、飛向天際，在青翠的綠地上空，拋下一個個星點，從天空向下俯看，地上渺小的人們正等待著他們的完美落地，只見副傘順利打開，降落傘頓時成了一朵朵蒲公英隨風飄落在草地上。

　　中日戰爭爆發之後，杭州降落傘製造廠的編制與名稱幾度更變，廠址也歷經多次遷移，最終直到1948年才在臺中落腳。製傘的環節並非每一步都能由機器完成，仍然有無可取代的手工技術和知識仰賴人工。除了原本具備專業技術的軍官或工作人員外，要支應夠多的人力需求，傘廠開出了招考的資訊，但為了確保傘具製作的安全與精細，想成為降落傘製造廠的一員，並不是一件輕易的事。作為軍事要點，首要條件是對應徵者進行縝密的身家調查，若家中從事軍旅生活的相關人員留有不良紀錄的話，便容易受到影響，難以成為傘廠的一員。

降落傘傘具類別

降落傘製造廠製造的傘具主要可分為兩大類：一類為傘兵相關人員所使用的傘具，型號有 T-10B、MC1-1B、T-10R 等；另一類則主要用以運輸物資、機械等物品，有物資空投傘、高空滲透傘、靶機傘、照明彈傘、海軍沉底水雷傘等類型。此外，還負責製造國軍各類飛機罩布、攔截網、帆布製品及肩、領、臂章製作與維修，服務對象涵蓋陸、海、空三軍。

降落傘製造廠

「杭州降落傘製造廠」的編制、名稱與廠址幾經丕變,先後遷往武
昌、長沙,之後由於政府遷都重慶,中央空軍亦選定以四川為基
地,降落傘製造廠也隨之移至四川樂山,直到戰爭結束,1947年
才又遷回杭州。1948年撤遷來臺後,先到臺東,其後駐紮於臺中
清水並隸屬於空軍臺中技術局。1954年11月1日,清水降落傘
製造廠編入空軍第三供應處,改隸屬於水湳機場空軍第二後勤指
揮部。在1997年編入聯合勤務總司令部(簡稱聯勤總部),現為
「國防部軍備局生製中心第209廠傘具製配所」。

　　而一頂傘的製作，要經歷許多繁瑣、精密的環節，傘廠員工細心專注的處理多達八十六項零附件、十一道工序的複雜工作，並透過嚴格的最終試投驗證，才得以完成高品質、高安全的人員主傘。從軍用卡車將降落傘的尼龍原料載進傘廠裡開始，直到縫製完成、通過試傘，傘廠的員工們總是抱持著互相請益的學習精神，用最認真的態度面對每一道程序，讓生產線能夠有條不紊的運作。他們知道，每一道手工的縫線或裁製，都背負著傘兵的信任與安危。

　　有朝一日，飛機劃過天空，發動機的轟鳴聲響愈漸洪亮，艙門開啟後一個個傘兵有序地跳下，他們專業地在空中讀秒，在默

降落傘廠員工認真專注製傘，領班人員並從旁詳細進行指導。
（孫清雲*提供，1970）

數結束後的最佳時刻倏地打開副傘，順利的在空中飄揚一具具傘花。此刻，傘廠工作人員懸掛的心總算放下，為了辛勞工作的成果感到驕傲，這也預示著傘廠的年度階段性任務已圓滿完成。而降落傘廠除了作為戰爭時期的後勤整備，也帶給清水眷村與眾不同的生活印記。這裡有以傘布製作背包、窗簾等日常用品，也有傘廠晚會、舞獅隊、國劇團表演，共同編織出獨特的眷村記憶。

蔣經國與空軍總部長官共同視察傘廠、聽取簡報。
（王傳璋*提供，1964）

降落傘製作

十一道工序:

原料檢驗→傘面尺寸測量→
裁片→小縫車製→總行縫製
→總縫縫製→副傘縫製→頂
底車製→受壓測試→標記蓋
印→晾傘塔晾製

縫製流程:

以斜紋布製成的傘幅共有
三十幅,每幅縫製間距需相
等。傘廠員工會使用固定尺
寸的版子作為丈量依據,車
縫線也必須精實而不斷距,
務必不能有摺皺或縫隙。

最終測試:

降落傘在最後環節,需確認
第一條及最後一條傘繩是否
沒有扭轉,才能進行曬傘、
完成製作。

傘廠生產完成之降落傘,會以人體同重
之鋁製假人替代降落跳傘,並於臺中
水湳機場進行試傘。(孫清雲＊提供,
1971)

清水降落傘傘廠員工於廠門口合影。（王傳璋*提供，1963）

休息時間的傘廠員工。（王傳璋*提供，1966）

傘廠除了每年舉辦聯歡晚會慰勞員工外，也會舉辦拔河比賽凝聚員工士氣。（王傳璋*提供，1977）

✕　✕　✕

　　每天和兒子一起努力學習的馨文，已經能說得一口流利發音，在重重關卡的考驗中脫穎而出，成功錄取傘廠的工作。馨文上班第一天的場景直到現在仍歷歷在目，一走進開闊明亮的廠房就能看見流暢的製傘動線，迎面襲來的空氣中飄散著傘布淡淡的塑膠氣味，聽著縫紉機不絕於耳的運轉聲，再看著每位製傘同仁緘默、認真堅守崗位的專注神情，便深刻體會到傘廠的使命和肩負的責任。

　　馨文就此成為傘廠的一員，和所有員工一樣，細心屏息地面對每一次車縫，不厭其煩地再三檢視每一個傘面與縫線，他們經手的每一道工序，都是英勇上場的士兵在空中唯一的守護！

國境之南
吹來的暖風

陽明山計畫

　　渡臺的船隻一艘艘從海南啟航，隨著海浪一沉一浮地上上下下，蘭芯喉頭的酸水也跟著湧上湧下，分不清是暈船的關係，還是……顧不得外人投射過來的陣陣目光，直衝進船艙吐得一塌糊塗，她擦乾淨嘴巴、緩緩撫著肚子，隔著肚皮被輕輕踢了一腳——她還來不及告訴偉翔，他倆已孕育了一個新的生命。

　　1949年國共內戰情勢危急，偉翔是負責維修戰鬥機的地勤人員，早早就跟著部隊遠渡到臺灣，蘭芯一收到偉翔平安駐紮屏東的消息，立刻隻身一人上了從海南開往臺灣的船班。她一路上內心忐忑不安，又半暈半吐地直到船靠岸。下了船，迎面襲來一陣暖洋洋的南風，蘭芯環顧這片陌生的土地，期許他們的孩子能夠在這溫暖的寶島好生好養。

✖　✖　✖

　　前面的章節中講述了從中國（包含貴州、杭州等地）遷徙而來的發動機製造廠與降落傘製造廠的故事，而「陽明山計畫」這段歷史，則是國軍遷臺之後才展開的。三方人事物在時代變革的動盪中，於清水眷村齊聚匯流，又在這裡相互扶持、落地生根。

　　1954年，為了防止共產黨勢力擴張，以及提前做好戰時軍事整備，和美國簽訂了《中美共同防禦條約》，1956年時決議由我方提供清水鰲峰山上楊厝里一帶的土地，交給美國進行工程建設。日治時代的「豐原飛行場」（戰後改稱「公館機場」），就此擴

建為當時遠東最大的空軍基地——亦即今日的清泉崗機場,這也就是「陽明山計畫」。

這個計畫在短短的兩個月內便強制徵收了大肚山一帶共一千四百公頃的土地移交美方使用,並於1959年落成、啟用。在中美合作協防的國家政策下,清水、沙鹿、大雅、神岡等附近一帶的閩南族群匆促地由盆地西邊沿海地區「遷村疏開」至盆地東邊的新社、石岡、埔里等山城地區,這些移民被當地人稱為「疏開仔」。這次的拆遷事件寫下臺灣戰後島內最大規模的遷徙移居紀錄,也讓傳統閩南聚落就此消失,取而代之的是美軍於1963至1979年的進駐和伴隨而來的美式文化與冷戰對立思維。

同一時期,為了配合陽明山計畫的軍備需求,原臺中公館機場也和屏東北機場進行換防,臺中公館機場運輸機調往屏東機場成立運輸聯隊,而為彌補F104軍機地勤人員及作戰部隊的不足,則將駐紮在屏東北機場的空軍第三聯隊戰鬥機調到臺中公館機場支援成立作戰聯隊。為了這群因任務轉移,從屏東過來的空軍軍官和家眷,婦聯會在宋美齡女士的號召下增建「陽明新村」、「果貿一村」,好滿足他們的居住需求。

清泉崗機場

清泉崗機場為美軍越戰期間(1955-1975)在遠東地區的重要中繼站,於1959年落成啟用,當時沿稱「公館機場」,1966年為紀念徐蚌會戰陣亡的邱清泉中將,而更名為「清泉崗機場」,代號CCK。

在陽明山計畫的推動下，臺中清水眷村與屏東北機場眷戶們相遇、相識，在長久的陪伴下成為一家人。一張張屏東帶到清水的老照片，都在述說眷民因為戰後國家政策的遷徙與再融合。那時候，從百里外的國境之南徵調來臺中的軍人眷屬多半住在陽明新村，除了可以聽見那裡的人們回憶著屏東的故事，他們也會在回訪以前的眷村時，把臺中清水的風景帶回家鄉。

一只木箱或一個包袱，就這麼飄洋過海、跋山涉水，從烏鴉洞起飛的發動機製造廠員工，來自杭州的降落傘製造廠人員，因為陽明山計畫為國家奉獻徵調來的軍官，時代的動盪讓他們漂泊在各處，緣分卻又讓他們匯聚到了清水。這裡會成為他們的依靠、成為共造

空軍三聯隊第28戰術戰鬥機中隊，於珍珠港事件後奉命成立中美混合團（圖即為中美混合團時期之臂章，禮帽上為青天白日國徽搭配美國星條旗），與美軍並肩作戰直至抗戰勝利。28中隊戰後於1950年遷臺進駐屏東，後隨著「陽明山計畫」於1959年轉駐臺中清泉岡基地，長期捍衛臺澎金馬之空防，從中亦顯見戰後中美在軍事上的合作關係和影響。（馬玉珍*提供）

的家園，他們會分享天南地北的趣聞，做著北方的饅頭、貴州的活菜，開創共同的未來。

✖　✖　✖

一晃眼已十個春秋，先前經歷的戰亂動盪彷彿夢一般，蘭芯和偉翔就此安穩地在屏東待下並呵護著女兒成長。但，一紙「陽明山計畫」的換防公文，卻又打亂了他們一家平靜的生活。蘭芯些許不安地打包著行囊，而偉翔則不改軍人處變不驚的個性，笑著摸摸女兒的頭：「妳在媽媽肚子裡時就會暈船，所以這次我們不搭船，跟著爸爸一起搭飛機走。」蘭芯噗哧地笑出聲，她知道這次並非隻身一人，還有受國境之南的暖風輕拂著的一家子會陪著她一起搭著飛機乘風向北、降落清水。🛬

二

完美落地
安居清水

歷史引擎不斷驅動，大批歷經顛簸動盪後，降落到了清水的人們，第一個面對的問題便是——該住哪裡呢？

在有限的條件下，從原有的資源中規劃出居住建物與生活空間，也造就了眷村獨有的樣貌。建築物又揉雜了眷戶日常光景，逐漸型塑出屬於清水眷村生活地景。

這個空間在數百年的時間中經歷許多變動與遷徙，土壤下埋藏著中社考古遺址，土地上錯落著以日治時期遺留宿舍為主的雙併式建築、獨棟式眷舍，更有遷臺初始所興建的連棟式建築，周圍被閩南水稻農田所環繞，在在都顯見清水眷村在歷史流轉下不同文化融合的刻痕。讓我們共同巡禮清水七眷：信義新村、慈恩二十村、忠勇新村、和平新村、銀聯二村、陽明新村和果貿一村，漫步在眷村中，回望曾經的公共空間：小鋪、籃球場、診療所、涼亭、菜市場、茶館等，走看清水眷村居民集體記憶的所繫之處。

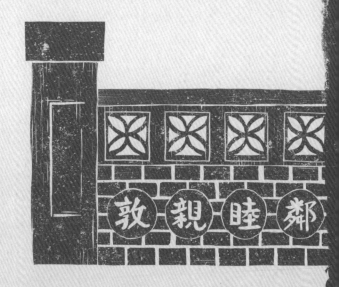

離鄉漂泊
的印記

國共內戰遷徙來臺

「舅舅，您是要去哪裡？」看著舅舅忙上忙下收拾行李的小凱輕聲問著，他從大人那裡聽說舅舅要離開清水，搭飛機到好遠好遠的地方。

「嗯……」舅舅深深嘆了口氣，回答得很慢，「我想……想回去看看，家人還在不在……」，舅舅說完後，陷入更長的沉默，像是在懷想著什麼，神情看起來還有些擔心。

「家不就是在『這裡』嗎？」小凱有些疑惑，歪著腦袋追問。

「『這裡』是『後來的家』，那日我跟著你爸爸一起來到臺灣，便再沒回家過了」，舅舅把目光轉向窗外的日落，小凱感到很困惑，他還無法理解舅舅濕潤的眼眶。

✕　　✕　　✕

1945年八月十五日，日本裕仁天皇發布《終戰詔書》接受《波茨坦公告》，宣告無條件投降，第二次世界大戰就此結束。戰後政府接收臺灣，但很快因為裁軍、行憲與聯合政府等議題，讓國共之間的矛盾再次達到臨界點，第二次國共內戰不久後爆發，人民再度陷入顛沛流離。

大時代的驅力下，政府開始為退守及治理臺灣做準備，並於1949年頒布發動機製造廠遷臺命令。貴州發動機製造廠員工收到通知後，穿著軍裝、打扮整齊，有些直挺地站在機前、有些則在機翼上或坐或站，他們圍繞著一架架陪伴著他們青春歲月的飛

機，為了奔赴臺灣互相歡送，用照片留下彼此的身影；同一時間，杭州省降落傘製造廠的員工，也在為即將前往臺灣互道珍重，他們不知道往後的日子是否還會相見，又會與哪些人在何處的天涯相遇。在這個動亂的年代，他們將過往的回憶裝進沉重的行李箱，走向不可知的未來。

　　來臺已逾七十餘年，陽明新村的唐朝凱，操著一口濃厚的江蘇口音，多年前離鄉的過程，如今回憶起來仍恍如隔日。第二次國共內戰時，唐朝凱的大哥發現「兒童團」正在招募一群十餘歲

蔣中正於1942年搭乘專機前往視察貴州大定縣羊場壩發動機製造廠。
（彭建雲＊提供，1942）

的青少年，要進行集體訓練，但訓練的目的卻是為了有朝一日上
戰場時，少年們能毅然為黨犧牲。他哥擔心自己的弟弟也會被招
募進兒童團，於是便讓唐朝凱逃離家鄉，趕往徐州避難，也成為
他加入徐州空軍基地當兵的契機。之後，唐朝凱隨著軍隊一路撤
退，從南京輾轉到杭州，最後在1948年底搭上開往臺灣的船。剛
到臺灣的時候，唐朝凱在屏東空軍基地服務，隨著時間流逝，在
臺灣的生活逐漸習慣、穩定，和許許多多士兵們一樣盼不到回鄉
希望的唐朝凱，也萌生了在臺灣這個地方安定下來的心意。

第一航空發動機製造廠員工訓練班第七期學員歡送赴臺工作同學留影。
（陳賓運*提供，1947）

　　1949年，空軍後勤人員陸續抵達臺中水湳機場、屏東等地，剛來到臺中的飛機發動機製造廠員工眷屬，有些在現今清水老街周遭租屋，直至眷村成立後才搬到信義新村。而1959年隨著陽明山計畫與空軍任務整編，屏東所有戰鬥機調往臺中清泉崗機場，成立作戰聯隊，於是維護戰鬥機的地勤人員，便舉家遷至臺中清水。

　　眷村的居民們，許多都經歷過歷史課本上的大小戰役，隨著部隊行軍千里、南征北討，無論嚴寒還是酷暑、戰勝戰敗，都秉持著信念一路走下去，直到最後攜家帶眷在臺灣落腳。他們懷抱著刻苦的精神，即便有著不同的背景，也在這塊土地上找出共融生活的最佳方式，這也正形成了臺灣眷村文化的多元性。

✖　✖　✖

　　父親過世後，小凱整理著父親的書房，翻到原本靜躺在書桌抽屜深處的日記本，才知道自己從小叫到大的「舅舅」其實是小凱親舅舅的同窗好友，跟他們一家毫無血緣關係，而小凱的親舅舅則一直留在中國，沒有過來……

　　小凱一頁頁翻著父親的日記本，念著父親當年一字一句寫下的遷臺經過，他慢慢懂了以往父親在戒嚴期間一直說不清楚的過去，和解嚴開放探親後「舅舅」決定返鄉那日，嘴裡叨念的「回家」是怎麼回事……而「舅舅」回到中國尋親後神色黯然著回到這個「後來的家」，或許是失根的心痛讓「舅舅」絕口沒再提返鄉探親的事情……最終「舅舅」落葉歸根在臺灣，並由小凱代送「舅舅」人生的最後一程。

竹籬笆外的春天

眷舍分配與型制

　　清水眷村的眷舍，除了日治時期遺留的雙併式建築外，也有圍著竹籬笆、闢出一方菜圃，還養著雞鴨的獨棟式建築，和政府為遷臺眷戶興建的連棟式建築。後續因應居住空間的需求增加，進行擴建、改建，使得眷村聚落裡有不同時期的建築樣式並存，構成新舊交加、高低起伏錯落有致的風貌。讓我們一同進入清水眷村各式各樣的房舍建築，感受遠渡而來的眷村居民，在艱辛的環境條件下，如何智慧運用有限的空間。也讓我們穿梭在巷弄間，窺探眷村家庭故事裡的悲歡喜樂。

日遺老宿舍的溫度：雙併＋獨棟建築

　　「嘿！一起出來玩啊！」住在雙併建築隔壁家的復邦興奮地朝院子裡大喊。

　　「來了！」蓉蓉很快就回應了，出門前不忘戴上藺草帽子，寬大的帽沿把午後陽光都擋在外面。兩個好朋友興奮的手拉手，嘰嘰喳喳討論著要玩的遊戲。

　　「我想玩丟球，但是前陣子棒球丟到屋頂上了⋯⋯」復邦指著家中新加蓋的鐵皮屋頂落寞地說。

　　「那我們到涼亭前跳格子，或者去小蕙家的花園裡看花！好不好？」蓉蓉很期待能看到鮮豔的花與翩翩飛舞的蝴蝶，那可以讓她在陽光下蹲好一陣子。

「我們來了！」他們在巷弄間快速穿梭，最後停在小蕙家獨棟建築的竹籬笆外，大聲喊著。較高的復邦則跳了起來，調皮地想搶先看看裡頭的景象。走進了半掩的門，孩子們在花園裡玩得不亦樂乎，蓉蓉和小蕙蹲在幾株淺粉色的花朵前面，看到蝴蝶便追著跑；復邦則在菜圃內發現緩慢爬行的蝸牛，他時而把牠們向前推進，時而又調皮地把爬到前面的蝸牛抓回原點。

「太陽大，你們幾個別曬暈了啊！」準備晾衣服的小蕙媽媽提著洗衣籃走了出來，看著三個在自家庭院裡或跑或蹲的小蘿蔔頭，露出滿臉的微笑，就像看著自己的家人一樣。

✕　　✕　　✕

抗日戰爭結束後，國共內戰再次爆發，政府帶著軍民們倉促遷臺，眷屬只帶著簡單的行李，或許就是一只木箱、一個包袱，就橫跨了黑水溝，來到臺灣。軍眷舉家遷臺第一個要解決的，便是居所安置的問題，因此政府設置了軍眷照顧制度，後續才有了眷村的出現。

隨政府來臺的多半為海、陸、空三軍軍人，其中分為孤身一人與攜家帶眷兩種情況。起初接收的房舍大多為日治時期官方或株式會社的遺留宿舍，儘管已經努力增建簡易房舍，但距離滿足

所有軍人的住宿需求，仍有相當遙遠的距離。當時依靠軍人本身適應環境的韌性以及高超的學習能力，很快地便對熟悉水泥屋的搭建流程和工法，奮力為同伴、家人打造出能夠擋風遮雨的溫暖避風港。

在日治時期遺留宿舍維護、改建與國軍新建眷舍期間，單身的軍人為了方便操練、值勤，在軍隊宿舍中過著集體生活，等待成家後再分配眷舍；有眷屬的軍官則優先分配眷舍，以利照顧家庭、培育孩童成長學習。在眷村中可以發現本省家庭與外省家庭居住次序不一的情況，以早年的陽明新村為例，由於有家眷的軍官先入住的分配原則，村子的前幾排房屋多半都是已經在中國完婚，又帶著家眷來臺的外省家庭；來臺的單身軍人後來逐漸與臺灣人組建家庭，才陸續分配到後面的眷舍裡居住。因此造就眷村房舍中後排住戶有更多的本省家庭，而相對的，在靠村口的眷舍裡有較多民國三〇年代在中國出生的兒童，他們對中國的記憶也比戰後出生在臺灣的青年們深厚。

最早在清水眷村落腳的眷戶，主要居住在日本海軍第六燃料廠所遺留的舊雙併宿舍，坪數約二十至三十坪。由於日治時期國營株式會社注重市鎮街道規劃，因此日本海軍第六燃料廠宿舍多半採用雙併式建築，這種建築形式主要為兩棟眷舍共構，外觀上屋脊相連，但中間以一面相連之牆分隔為左右兩邊的居住空間。房屋格局讓其中三面採光良好，也利於規劃，促成住宅區街道寬

雙併眷舍

特色：由日遺眷舍發展而來，原始格局分隔兩戶，但外觀屋脊相連。

增建模式：多以相連屋脊之左右側及房舍後院擴建。

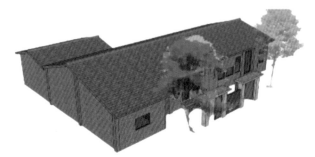

■ 原始空間　　- - - ➤ 增建方向

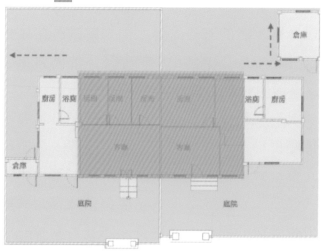

（《原清水信義新村聚落建築群保存及再發展計畫》，2021）

廣、方正，在空間利用上有極大的優勢。雙併式建築，今日仍舊能在信義新村乙區、丙區看見。

但日治時期所建造的雙併式建築，到政府遷臺時已經房況老舊，牆面因為歲月的催化、受潮，壁癌叢生，甚至逐漸剝落，露出了裡面的竹片；泥牆等建物也有斑駁失修的問題。再加上在眷屬家庭入住後人口的增加、空間逐漸不敷使用，眷戶們便開始在既有的建築空間外加蓋連接的屋舍，這些改建工程彌補了生活所需的空間，也改造了原有的建築外觀。

部分的日遺雙併眷舍，隨著時間歲月的流轉而顯陳舊，為避免頹壞崩塌等居住安全考量，透過眷村居民們的齊心協力，以及政府的技術介入與資源的挹注，除了將大部分雙併式建築重新翻修之外，少部分後續遇到轉讓或增改建、重新劃分居所等因素，建成獨棟式建築。改建後的獨棟式建築，因應著家戶人口的增多、居住空間的不足，而衍生出更具靈活性、隱私性的格局樣式。

早期的軍人薪資並不高，眷戶們的每一分生活花費，都需要經過仔細的盤算，因此獨棟建築的住戶常會利用竹籬笆所圈出的一小塊院子，整理成小菜園，蔥、薑、蒜、辣椒等爆香調料是菜圃裡的常備軍；另外也會栽種青江菜、白菜等作物，作為增添飯桌菜色的佳餚；更甚是白蘿蔔，可醃製成一罈罈泡菜的記憶好味。這些都是眷戶們在自家寬大的庭院，透過勤奮與巧手改造出的不同風景，造就多樣建築形式共存的清水眷村。

獨棟眷舍

特色：由日遺眷舍發展而來。

增建模式：因擁有較大庭院，改擴建自由度較高。

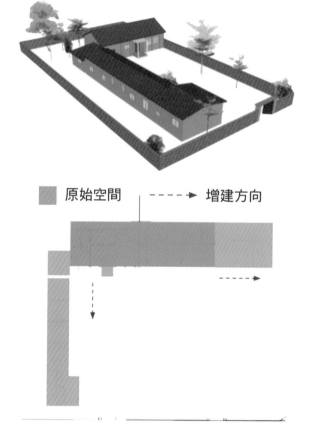

原始空間   - - - - ▶ 增建方向

（《原清水信義新村聚落建築群保存及再發展計畫》，2021）

竹籬笆是當時眷村慣用的隔牆材質，照片中可見以竹製成的圍籬形式。
（左圖：季長榮*提供、右圖：郭泰*提供）

你我都是一家人：連棟建築

正門對正門、廚房對廚房，是眷村連棟建築的特色風景。朝凱正在廚房用自己打製的蒸籠炊著饅頭、包子。一抬頭就撞見正在對面炒菜的蘭芳。

「今天煮的什麼啊？這麼香！」朝凱一如往常地問候著。

「活菜！不過辣椒有點不夠了。」蘭芳的頭上冒著滴滴汗珠，擦著汗卻也不忘迅速地切著水豆腐。

「難怪呢！聞著辣香、辣香的，活菜好啊！」朝凱嚥了嚥口水，覺得有些嘴饞起來。

「你們家還有辣椒沒？借點兒來。」蘭芳問著，朝凱隨即抓把辣椒送過對門去。

「怎麼，今天就你一個，一美呢？」蘭芳手裡俐落的操控鍋鏟，嘴上不忘關心自己的好鄰居。

「一美啊！到北部幫人縫補衣服去了，過兩天才回來。」朝凱遞完辣椒正準備要走，卻馬上被叫住。

「那今兒個就在我家一起搭伙吃飯，咱倆兄弟好久沒小酌一下了！」蘭芳的丈夫玉章趕緊招呼著朝凱留下來吃飯。

「那，我就不客氣啦！誰不知道蘭芳嫂子的手藝比我家一美好上百倍啊！今天就打擾你們一家了。」

「說的那是什麼話，什麼你家、我家的，我們都是一家人啊！」蘭芳朗聲地端出活菜，「上菜啦！上菜啦！」

✖　✖　✖

　　日遺宿舍並不足以提供遷臺後的居住需求，政府便計畫性地以「一條龍」式的設計進行「連棟式建築」的新式眷舍興建，有單間和雙間兩種形式，兩者坪數大多都未滿25坪。特別是1956年起，婦聯會蔣宋美齡女士開始號召各界募款興建眷村，主要的建築特色就是紅磚連棟式平房，但由於早期政府仍對反攻大陸抱有期望，房舍被定位為暫時居住處所，型制也相對簡陋。

　　早期信義新村的連棟建築，多為坐北朝南的設計，隨著眷戶們因為生活需求，各自往北側、南側自行增蓋房舍、廚房等空間，導致眷村內原本規劃的道路空間越來越狹窄，甚或出現無尾巷。身手靈巧的孩子們，會翻過鄰居家的圍牆，用最短的距離回到自己家裡，熟識的鄰居因為知道有些道路成了死巷，自然也就睜一隻眼閉一隻眼，默許了孩童們抄近路的行為。

　　連棟式建築雖然因為採光面的減少使得屋內光線較為昏暗，但卻讓鄰居彼此認識的時刻更多了，眷村人的心也逐漸拉近。每當眷村軍人們忙碌一天工作回家的時候，總能聞到各家正在炒著辣椒菜、做水豆腐的香味；窗內是全家大小一起在客廳裡或打毛線衣、或用傘布做窗簾的景象，更多的時候大夥聚在一起編著藺草帽、裝配聖誕節燈飾，做著家庭代工補貼家用。因為住得鄰

連棟眷舍

特色：三戶以上連成一列之住宅，每戶之左右以牆與其他戶分隔，具有單獨出入口，為政府興建眷村常見的建築形式。

增建模式：以原始眷舍空間，向前及向後改擴建。

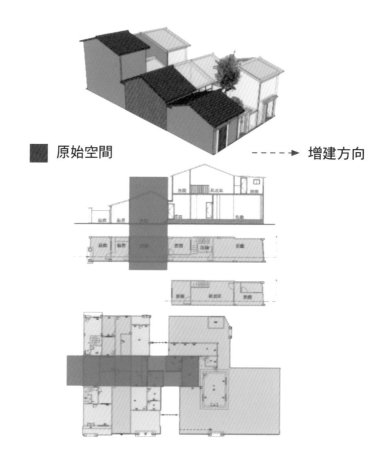

■ 原始空間　　　- - - - ▶ 增建方向

（《原清水信義新村聚落建築群保存及再發展計畫》，2021）

近，三不五時串門借個柴米油鹽、針線鈕扣，端著剛出爐的拿手菜餚互相分享，都是隨處可見的日常。在奮鬥的年代裡，他們是彼此相互眷顧的家人。

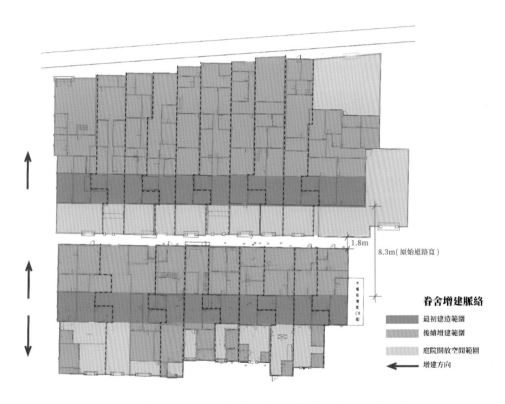

眷村增擴建脈絡圖（《原清水信義新村聚落建築群保存及再發展計畫》，2021）

萬丈高樓
平地起

清眷七村

守望相助

　　清水眷村一共有信義新村、慈恩二十村、忠勇新村、和平新村、銀聯二村、陽明新村、果貿一村七個眷村。航空軍事工業的聚落形成，讓一群來自天南地北的人們相聚在一起。清水眷村的居民在此攜手共建家園，一同走過眷村的繁榮與沒落，也共同乘載了對這片土地的驕傲。從竹籬笆到高樓大廈，這裡是在兵荒馬亂的年代，從漂泊到安穩，回憶開始的地方。

信義新村的新舊眷舍。（仝長春拍攝，臺中市政府文化局提供）

拍攝：1986年5月14日
提供：行政院農業委員會林務局農林航空測量

臺中市港區
藝術中心

陽明新村
果貿一村

建國國小

信義新村

鎮政路

慈恩二十村

清水國中

和平新村

忠勇新村

發動機製造廠

▲ 此圖位於大圖西側約1km

銀聯二村

清水大排

海線鐵道

降落傘製造廠

南社路

清水車站

中山路

一　立業之本的信義新村

　　貴州大定發動機製造廠在1947年收到遷臺命令，幾經篩選後，臺中清水在交通、廠房、民居等條件都勝過當時的另一個候選，花蓮廠區。於是兩年後發動機製造廠從烏鴉洞與清虛洞起飛，總算完成浩大的遷廠任務。

　　伴隨廠區設備而來的是大批的員工們，於是軍方清查、盤點了日治時期的遺留宿舍，分為甲區、乙區、丙區、五棟房，共有四十七棟建築。這些房舍有著瓦片屋頂、魚鱗板牆面，多為雙併式或獨棟式建築，每棟分配為兩戶。但眷屬人數眾多，空間便顯得相對狹小，況且這些建築屋齡已久，眷戶們便自行籌資，把房舍依照各自的需求改建、增建。

　　每戶前庭與後院的面積合計可達數十至百坪。擁有各自的庭院後，眷戶們除了將其作為菜圃外，也會種植花草，在忙碌的日常生活中，尋得一絲愜意。走入眷村巷弄，隨處可見人可環抱的杉木、榕樹牆、花牆等，綠意盎然的景象使人沉醉其中，忘卻憂愁。

　　而為因應日本舊宿舍空間的不足，加以新婚官兵的居住需求，後續於1959年又興建了42戶、16戶、克難房等眷區，與前述的甲區、乙區、丙區合併後，改稱為信義新村，眷村內共有192戶。

信義新村航照圖

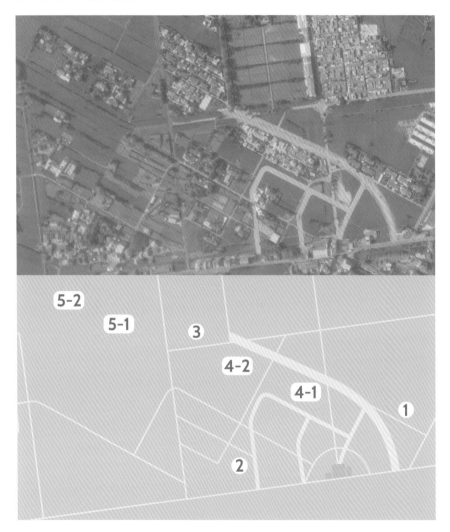

① 甲區　② 乙區　③ 丙區
4-1 42戶區　4-2 16戶區　5-1 五棟房　5-2 克難房

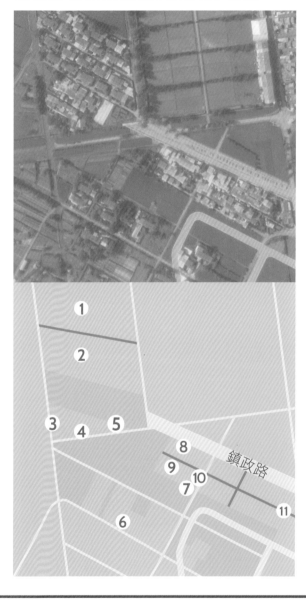

信義新村保留區公共空間分布圖

① 圍牆
② 廣場公告欄
③ 廣場
④ 公共廁所
⑤ 籃球場
⑥ 圍牆
⑦ 公告欄
⑧ 活動中心
⑨ 樹下節點
⑩ 涼亭
⑪ 診療所

■ 眷村巷弄

　　居住問題的解決，也讓眷民們可以安心地熟悉臺灣這片土地，鄰里間也愈發頻繁交流。然而，由於房屋多半為日遺宿舍改建，多處年久失修，屋頂漏水、地板塌陷是常見的現象，居住條件相當嚴峻。在安全考量下，2006年眷村改建大樓果貿陽明新城完工後，信義新村大部分的居民便搬遷至新住宅了。

　　信義新村最初的成員組成相當一致，多是從貴州發動機製造廠遷臺過來，信義新村就如同製造廠的員工宿舍，居民們彼此朝夕相處、感情深厚。貴州原本屬於環境貧瘠的省份，臺灣的自然條件比貴州好，加上經濟也逐步發展，使村民的生活水準好上不少。即使離開家鄉，但屬於貴州的飲食習慣仍被保留下來，每逢過年過節，每家每戶媽媽們的家鄉味，成為眷村的一大特色。而經過時間的推移，在眷戶的人口不斷變遷下，原本不同眷舍之間的官階之分，也逐漸沒有了區別。

　　如今的信義新村已成為清水眷村文化園區，並作為眷村文化保存的基地，診療所不再有絡繹不絕的人潮，公共廁所的鬼影隨著孩子們漸漸長大也不再可怕，而涼亭裡奔跑遊玩的孩子早已成了搧著扇子的老爺爺，但過往的一切，都深藏在眷民的集體記憶裡，等待創造新的故事。

慈愛恩德的慈恩二十村

　　據耆老所言，慈恩二十村的前身為日治時代海軍第六燃料廠的單身宿舍，1949年由來臺的空軍單位接收，也繼續沿用為單身軍士官的宿舍。

　　慈恩二十村的屋舍為日治時代所建，原為三排木屋構成，由於年久失修、多處坍塌，直到1981年才由婦聯會籌措經費，協助改建為現在的空軍在職軍官宿舍，共有四棟三層樓公寓式樓房，合計96戶，另外興建一排瓦頂平房，供原來的單身退役官兵使用。新建的職務眷舍多為四、五層樓高的公寓，外牆多會漆上一條紅色油漆做為識別。

慈恩二十村（行政院農業委員會林務局農林航空測量）

愛國之本的忠勇新村

　　午後的忠勇新村，居民三三兩兩聚集在涼亭裡聊著天，四川的方言夾雜著貴州的口音，不時提起幾句關於發動機製造廠的往昔趣事。原來，當初從烏鴉洞與清虛洞輾轉來到清水的發動機製造廠員工，不只在信義新村落腳，也有部分來到了忠勇新村。

　　忠勇新村的房舍是空軍透過招商興建，但因軍隊經費拮据，建材只能選用較便宜的竹片與黏土臨時建造而成，原住戶分配到的房舍面積狹小，實際坪數只有八坪左右，後續在1968年和1978年經歷過大翻修。並且隨著眷戶的子女漸漸從孩童成長至青少年，居住空間不敷使用，房舍都經過改建或增建。

　　忠勇新村的眷戶們大多數是於1949年隨發動機製造廠遷廠來臺，村子裡以貴州、四川省居民為主，許多戰後在臺灣出生成長的眷村第二代，因為從小聽著父母親和鄰里交談，耳濡目染之下直至現在都還保有貴州、四川的口音。他們在發動機製造廠東側興建簡易的屋舍居住，並以《軍人守則》第一條「忠勇為愛國之本」為名，稱作「忠勇新村」。顯見忠勇新村與發動機製造廠息息相關，連其他村落都稱呼忠勇新村的居民為「廠區來的人」。這裡的廠區主要負責屏東基地發動機、松山機場專機、空軍官校試發機、嘉義基地戰鬥機及直升機傳動軸的修護，此處現址已轉作海巡署用地。

忠勇新村航照圖

① 忠勇幼稚園　② 彭家小鋪
③ 王家小鋪　　④ 籃球場

　　而飲食習慣方面，則因為居民們主要是從貴州、四川來臺居多，因此承襲了嗜辣的喜好，忠勇新村的眷村菜也以辣而聞名，從泡菜、辣椒菜、活菜等名菜中，都能感受忠勇新村眷民無辣不歡的風情。

1985年忠勇新村二萬五千分之一經建版地形圖。（經建會提供）

　　為了讓家長們可以外出安心工作，忠勇新村設置了幼稚園，讓年幼的孩童獲得妥善的照顧。然而，並不是家家戶戶都有時間與交通工具，可以接送小孩到學校與通勤上下班，軍方察覺這個問題後，在平日都會派遣軍用大卡車繞巡村內各站點，載著官兵與孩子們一同通勤、上課。隨著孩子們到了該上小學的年紀，大多都會選擇就讀鄰近的建國國民小學。隨著人口外移，而忠勇托幼需求逐漸減少，忠勇新村的幼稚園也跟著走進歷史。

　　現今忠勇新村已拆除，原住戶也大多搬遷至新式大樓和平新城，卻難以忘懷過去在忠勇新村的日子。

忠勇新村設置的忠勇幼稚園。
（孫清雲*提供，1964；1967）

處世之本的和平新村

　　和平新村位於南社里，與空軍降落傘製造廠相鄰，全村共有五十五戶，屋舍則是接收日治時期日本海軍第六燃料廠的主官宿舍，為日式雙併式建築，是在清水眷村中相對高級的住宅區，分配給高階長官的官舍。「和平新村」這一名字的由來，據當地居民說，是取自黨員守則中「和平為處世之本」的「和平」二字。除了住宅區之外，接收的日遺海軍第六燃料廠則被改成降落傘製造廠廠房。村內的眷戶大多是降落傘製造廠的員工及其眷屬，以浙江、四川省籍居多。

　　提到當年的傘廠，許多回憶湧上心頭。因為要精準的修製降落傘、攔截網與飛行個人裝備，降落傘製造廠的員工十分熟稔針線，各自都具備了一雙巧手，有時還會被徵調到北部，支援劇團縫製戲服。在奮鬥的眷村生活中，也有很多住戶會不定期到北部替達官顯要們縫製旗袍馬褂，賺賺外快；或者有些婦女也會直接到臺北成為富貴人家的幫傭，這一切都是為了貼補家用。勤奮的眷村人，就這樣靠著一針一線面對生活的挑戰，他們胼手胝足、相互扶持，走過了許多悲歡歲月。而和平新村的住戶們同鍋共灶將子女們扶養長大，對於子女之教養也不遺餘力，眷村中有成就之第二代、第三代子女眾多，例如前任清水國中校長周先庭先生、前軍法局長許可仁中將，皆是出身於此。

　　眷村的命運好似都一樣，難以經受時間的考驗。配合政府老

和平新村航照圖

① 南社里幼稚園（原活動中心）　② 籃球場
③ 王家小鋪　④ 新活動中心　⑤ 大門

舊眷村改建計畫，和平新村也於1996年核定改建，並於2005年
執行拆除作業，一輛輛怪手將和平新村夷為平地後，在原和平新
村的舊址上，興建為地下一層地上十一層的新式公寓三棟、十二
層樓的一棟，共四棟合計162戶，興建工程已於2007年完工，改
建後和平新村改名為「和平新城」。和平新城不僅容納來自清水區
原和平新村的眷戶，還含括了忠勇新村、梧棲區梧棲新村、大雅
區公館新村等四個舊眷村的眷戶，也讓和平新城的生活樣貌，在
各地方文化交流下，顯得更為多元有活力。

五 銀行聯合的銀聯二村

　　踏入過去的銀聯二村，舊時的社區大門僅是一個石碑，上面淡淡地用直式刻寫著「銀聯二村」四字。1949年撤退來臺的軍眷為數眾多，即便已經興建多個眷村，仍有部分只能住在清水老街、梧棲老街上，更有甚者可能都無家可歸。這些跟著政府來到異鄉的軍人、家眷，適應環境已是困難，又因薪水微薄，無力購屋，且隨著臺中地區的軍事單位越來越多，眷舍需求屢見增高。1951年後，蔣宋美齡透過婦聯會特別向全國工商各界發起募款，希望善心團體捐款興建軍眷眷舍。消息傳開很快便獲得各界踴躍響應，因此，當時出現了一種捐款榮譽，便是捐款最多之團體，可以為新建的眷區命名。當時銀行各界聯合捐款共用來興建三個眷村，銀聯二村因是第二個興建的，故冠以「二村」村名。

　　銀聯二村於1956年開始興建，隔年春天竣工落成，除了有兩種不同建坪的眷舍之外，也是於興建時就公共空間的使用規劃做

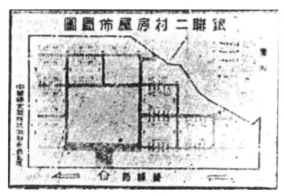

銀聯二村配置圖。除了眷舍二十三棟共兩百戶之外，尚有活動中心一座、公廁三所、抽水泵十三台等公設。第二年由三供處撥地1.89公頃、省政府出資四十二萬興建教室四間、辦公室一間與宿舍兩間，成立清水國民學校中社分校。
（《中華婦女》第7卷第19期，1957）

考量的先例。興建完成的銀聯二村，一半歸三供處空軍使用，另一半則供裝甲兵陸軍使用，各占一百戶，陸續又有梧棲海軍醫院的軍士官與眷屬，以及降落傘製造廠員工眷屬遷入。

　　銀聯二村落成後，依然面臨著許多挑戰。1957年春天，第一批軍眷遷入時，便發現銀聯二村有著飲用水及公廁衛生條件不佳的問題。第二年秋天，學童的就學問題也逐漸浮現，於是商請三供處在銀聯二村西側撥地、省府撥款成立清水國民學校中社分校。後又獨立改稱臺中縣清水鎮建國國民學校。眷區內的孩子都是就讀建國國民小學，在約五十個小朋友組成的班級裡，臺灣出身的同學大概只有十個左右，這也促成了本省與外省孩童，在語言、文化相異的情形下，共同交流、學習的特殊教育文化場景。

　　面對上述種種生活不易，與衛生環境差、教育資源不足等等挑戰，1976年，在銀聯二村村長歐陽璽先生四處奔波、努力下，終於通過評估，被清水鎮公所納入「社區發展」規劃而獲得改善。改建後的銀聯社區，被命名為「西社社區」，也是全國唯一的軍眷社區。銀聯社區在文化建設方面也有相當的努力，諸如在社區中成立媽媽教室、土風舞隊以及社區童子軍團；公共建設方面有合作社、菜市場、托兒所、活動中心。眷村建設整修層面，則以加強內部設施、拆除公廁與抽水泵、闢建公園、築眷村周圍圍牆，以及排水系統與道路的徹底改善為主，還新建了兩座球場與花園等等。同年，銀聯社區參加全省新社區競賽，經評選為全省新社區發展優等第一名；1978年也獲得舊社區競賽優等第一名。

　　從改建後的銀聯社區大門
老照片中可看出，銀聯二村自
社區發展後，已擺脫落後眷村
形象，成為清水的花園眷村，
早晨與日落間，不少村民與遊
客都會漫步其間，感受風景萬
千。然而，銀聯二村這座花園
眷村，也於2007年為配合政府
眷村改建政策，正式拆除走入
歷史。

銀聯二村村碑之舊照。
（歐陽璽* 提供）

銀聯二村社區大門舊照。（顏足貴* 提供）

銀聯二村航照圖

Ⓐ 銀聯二村
Ⓑ 建國國小
Ⓒ 清水國中

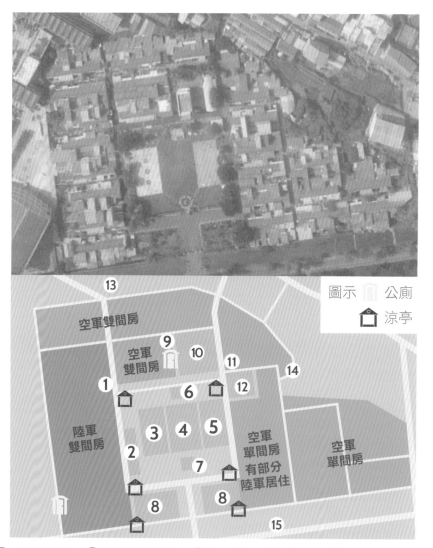

銀聯二村航照圖細部

① 楊家小鋪　② 露天電影院　③ 籃球場　④ 操場　⑤ 籃球場
⑥ 司令台　　⑦ 蔣公銅像　⑧ 小公園　⑨ 銀聯理髮（男性）
⑩ 活動中心　⑪ 劉家燒餅　⑫ 市場和福利社　⑬ 燒垃圾的焚化廠
⑭ 早期幼兒園（後搬遷到活動中心旁，今西社里活動中心）
⑮ 公車亭（雙向皆有）

六　感懷陽明的陽明新村

　　陽明新村共建有102戶，主要提供給1959年陽明山計畫中由屏東移防清泉崗基地的空軍第三聯隊眷屬居住。之所以名為陽明新村，一說是因應「陽明山計畫」而來，另一個普遍的說法是因當時軍中盛行王陽明學說，王陽明也確實為當時總統蔣中正所推崇，故將村名定為「陽明新村」。

　　最早陽明新村的眷房都是以瓦片為頂，因為物資較為缺乏，牆壁僅有下緣和骨架為磚頭，其他部分則以竹筋糊泥為壁，與先前在屏東的臨時處所相比，品質雖有改善但卻還是困苦。

　　而生活總脫離不了柴米油鹽，過往的路況不佳，前往鎮上的市場路途遙遠，而位置相近的陽明新村、果貿一村，兩村眷戶多為維護戰鬥機之地勤人員，性質相似且人口眾多，容易形成共同的生活圈。各家各戶也因此開始在街上擺起了攤販，久而久之就自然聚集成市場，市場上有眾多來自眷民家鄉的口味，如牛肉麵、涼麵、擀麵、包子、大餅等，不僅眷村人愛吃，甚至眷村外的人也聞香而來。

　　能夠形成這樣的菜市場，也要歸功於陽明新村的建築結構。連棟式的平房，一排十戶，共十排半的連棟式平房，每棟前門對前門，後門對後門，房舍排列整齊，讓街道能夠呈現寬敞、筆直的樣貌。陽明新村與其他眷村的公共設施不太一樣，因為是較晚興建的村落，每棟眷舍都有設置廁所，因此公廁的比例便大幅減

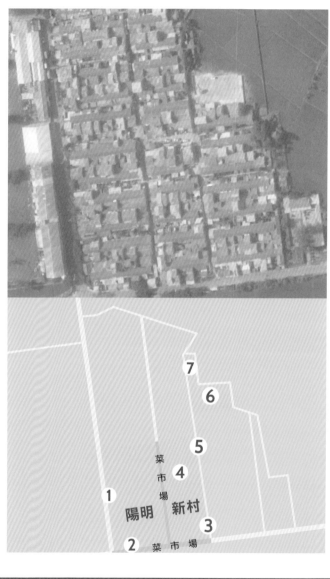

陽明新村 & 果貿一村航照圖

① 王家擀麵
② 張家小鋪
③ 曹家小鋪
④ 茶館
⑤ 陽明活動中心
⑥ 籃球場
⑦ 果貿活動中心

少。約1972年開始，軍方還補助每戶五千元，將廁所修整成沖水馬桶。

　　1976年，國防部將陽明新村的老舊眷房修繕為磚房，在架構不變的情況下，將早期的竹筋糊泥的牆壁拆除後，蓋起磚牆以加固房屋結構。隨著新制眷村改建與土地規劃，陽明新村的老舊房舍，如今已拆除，在2006年完工改建成為十四層樓，總戶數近七百戶的果貿陽明新城社區，包含果貿一村、陽明新村、信義新村、銀聯二村等四村眷戶約計六百七十戶遷入此社區大樓。

青果貿易的果貿一村

　　緊鄰陽明新村的果貿一村，和陽明新村一樣是提供給空軍任務整編後從屏東來的清泉崗地勤維護人員居住。果貿一村的由來，要說到1960年，當時由婦聯會蔣宋美齡向「臺灣青果貿易合作社」募款，於陽明新村東側與後方，興建了「果貿一村」，合計185戶，供應空軍三聯隊修護大隊的官兵眷屬居住。果貿一村與陽明新村眷戶雖服務單位相同，家庭的組成卻不盡相同，因為眷村婚姻制度關係，有眷屬者優先分配眷舍，因此先落成的陽明新村多是從中國共同遷徙來臺的眷屬，而果貿一村的居民則以來臺後才組成的家庭為主。

　　地勤人員對戰鬥機的安全維護相當重要，值勤的日子裡，士官兵們每天早上三點多便起床，摸黑到村口搭乘軍用卡車，在大多數人還沉睡的時候，他們早已精神飽滿地抵達停機坪，在五點前做好戰機起飛前的各項檢查。飛行員登上戰機時，都要經過地勤人員的確認，才會放心地駕機升空，進行巡防任務。

　　眷村遷建計畫，是國防部對陽明新村與果貿一村原址進行改建工程的計畫，在計畫下，果貿一村與陽明新村在2006年完工合併成「果貿陽明新城」。在陽明新村、果貿一村的拆除改建過程中，曾發生一件憾事。由蔣宋美齡親手題字，具四十多年歷史的果貿一村村名碑消失無蹤。這塊果貿一村村名碑隨著眷村居民走

過四十多年歲月，極具紀念價值，但拆除改建時間倉促，居民搬遷情況紛亂，這村名碑在遷移過程中被遺漏、不知去向，許多果貿一村的居民，至今仍會不時關注眷村內的各個角落，希望能瞧見碑牌的身影。

記憶所繫之處

清眷公共空間

眷村的公共空間，是眷村人們談天、交流的場所，那裡交織著許多回憶與故事。不論是眷村人民購買簡易生活用品的小鋪、少年們運動打球的籃球場、眷村的醫療中心診療所、迴盪著南北口音的菜市場，或是那理髮店的人潮和鬼影幢幢的公廁……仔細一看，到處都有清水眷村居民的身影，這些公共空間不只是作為功能性的場域，更是乘載了眷村人的日常與記憶，成為歷史歲月的見證之一。如今我們重新走過、佇足那些曾經的地點，但時過境遷，往往只能在回憶裡追逐，所幸藉著書中的吉光片羽，還能夠再次回到眷村時代。

 ## 小醫院大醫師：診療所

1957年，眷村雖由竹籬笆時期轉進新眷村運動或眷村成長時期，但當時臺灣的健保制度仍未健全，因此維繫眷村人民健康的「診療所」就顯得格外重要。在這個眷村公共建設逐漸被關注的時期，國防部聯合勤務總司令部的軍官們當然也注意到了人民健康這一環，於是為了解決眷村醫療問題、增進軍眷生活品質，便於臺灣各地成立一百餘間診療所。這些診療所以眷村居民為主要醫療對象，小小的診療所不僅負責眷戶身體上的病痛，更是面對疑難雜症時的心靈安慰之處。

每個早晨，軍用大卡車、中型吉普車便會繞行清水七個眷村

接送居民去看診，有些皺起眉頭、有些抱著孩子，各村莊都有不少人搭上了車，上車的居民會互相打招呼，彼此投以微笑。車子停在了「聯勤診療所」前，人們緩慢下車後，隨即響起了來自五湖四海口音的招呼聲。往昔的診療所，每日進出看病的軍眷，最多約有四、五百人，當時絡繹不絕的看診人潮，總是一路排到診所門外。診療所對於士官兵眷屬的醫療服務收費也不高，只需要五毛錢掛號費，許久之後才緩慢增長為一塊錢。

　　居住於南社里的閻紹麟先生，是當年清水眷村診療所司藥的人員，他回想起民國四〇年代，診療所的同事都是身著戎裝來服務。掛號室的方小姐招呼排隊的病患；錢醫官、唐醫官聲音宏亮

信義新村的聯勤診療所為清水眷區唯一的就診處。（《臺中清水眷村文化園區整體規劃案報告書》，2014，圖形模擬示意圖為原報告書所繪）

地喊著候診的病患；而忠勇新村
的毛護士則時不時拿出糖果安慰
著哭鬧著的孩童。孩子們的哭鬧
不僅是因身體上不適，還因為診
療所於他們來說其實是令人恐懼
的地方──與門牌水平的位置，
診療所放置病歷檔案鐵櫃上的標
本瓶裡，能見肉色的早產胎兒，
甚至在走廊的深處，也能見到幾
具人類骨骼的示意模型。即使如
此，孩子們久而久之也了解到，
診療所是盡心盡力守護著居民健
康的地方。

　　2001年，隨著時間的變
遷，當年的小孩早已進入暮年，
對診療所的記憶也早就深藏在泛
黃的照片裡。幾個阿兵哥在聯勤
診療所拍著照，那日的雨下得很
急，眷村上方的天空就像在大哭
似的，目送著「聯勤診療所」走
進歷史。最後一批駐守醫官鄭主
任與周小姐的離開，也宣示著清

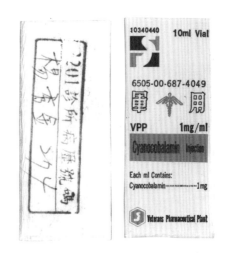

國軍診療所掛號證暨病歷號。（楊
秀金*提供）

水眷村的診療所與全臺灣其他的診療所一樣，隨著醫療資源的進步及全民健保普及化，逐漸結束為軍眷的服務，老舊的診療所，也面臨軍方清點財產、報廢無用器具、搬運有用資源入庫的淘汰與換新階段。

　　閻紹麟拿出1957年診療所同仁穿著制服、於清水公園合影的老照片，娓娓道出診療所對於眷村的重要。然而，眷村的醫療體系，隨著居民與臺灣社會的多元融合，成為久遠的故事，還有更多為眷村醫療努力的身影，也逐漸隱沒在逝去的時光中。診療所見證了一代代眷村人的新生，而今清水眷村文化園區，也計畫修復過往的診療所空間，成為眷村新生的一個契機。

診療所現況。（《臺中清水眷村文化園區整體規畫》，2014）

甜上心頭的百寶箱：小鋪

　　童年記憶裡的小鋪，有著玻璃紙的繽紛顏色與甜甜的回憶。銀聯二村的溫玉蕊站在琳瑯滿目的糖果前猶豫不決，彩虹顏色的軟糖有些酸、但玻璃紙包覆的棒棒糖看起來好誘人……哪個才是最好的選擇呢？身為陸軍少尉的父親溫州雖然沉默地站在一旁，看著她的眼神卻滿是疼愛。最後選了甜蜜滋味的棒棒糖，溫玉蕊迫不及待地在小鋪內就撕開包裝，舔了兩、三口後又把包裝紙重新封了回去，她捨不得一下子就吃完，這樣兩毛錢的糖果可以吃上三天。小小年紀的溫玉蕊明白，這每一口都是父親的疼愛，在艱困的年代來之不易。

眷村小鋪往日景象。（王傳璋*提供）

　　眷村人把村裡的雜貨店稱為「小鋪」，小鋪裡陳設著許多簡易生活用品，如玩具、零食、五金雜貨等，每間小鋪的格局也各有不同。光是清水眷村內就有任家、李家、曹家、朱家等小鋪，而其中也有幾間像張家小鋪一樣，打通兩棟房、以雙拼規格來經營，同時還做菸酒買賣。

　　而在陽明新村另一頭的朱家小鋪裡，只見曹美蘭的媽媽拿著清單思索，家裡的烹飪材料還有哪些需要補充呢？小鋪老闆趕緊上前推銷：「這批精選的麻油是今天才剛到的，要不要來點兒？」

　　這間「朱家小鋪」，是朱秀屏一家自1959年從屏東搬到清水後，母親為了貼補家用而開的。排行老二的朱秀屏，當時雖然還很年幼，卻也懂得幫忙顧店、攬客，還因為小鋪兼營理髮生意，所以洗頭、燙髮的手法也相當純熟。朱家小鋪是許多人童年的回憶，健談且親切待客的朱秀屏一家，也在地方鄰里間結下好人緣。

　　朱秀屏回想到曾經有位離鄉已久的居民回到眷村，在朱家小鋪外逡巡、躊躇許久，後來只見那人鼓起勇氣徑直走進店內，看著朱秀屏的父母緩緩拿出口袋中的紅包，說著小時候曾在店裡順手摸走一些零食、玩具，朱秀屏的父母當然也沒有追究，反倒覺得眷村的人情味便體現在這一切讓人感動的細節中。

　　清水眷村的小鋪是眷村的生活用品補給站，也因為多半兼營菸酒、理髮等多元服務，與居民的生活息息相關，更成為一代人的回憶。小鋪裡有甜蜜的兒時滋味、涼爽的夏日青春，更有濃厚的溫暖情誼。

揮灑青春的熱血與汗水：籃球場與棒球

　　籃球運動曾風靡眷村，從當時臺灣流行的一句話：「外省人打籃球，本省人打棒球」，便可想像當時眷民對籃球的熱愛。在那個時代，眷村裡常設有籃球場，是十分重要的公共空間之一，無論男女老少都會在閒暇之餘，到籃球場上揮灑汗水。清水眷村當然也不例外，甚至組建過「凌風籃球隊」，馳騁球場。

　　信義新村的全長春拿起鐵鎚，敲打著撿拾來的回收鐵片與木板，打算自己做一個籃板。在物資缺乏的年代，他也是喜歡打籃球的孩子，全常春想，就算家裡負擔不起昂貴的球鞋，與三五好友一起赤著腳踩在籃球場上，也能玩得不亦樂乎。他還記得五打五進行的「週末盃籃球賽」，場上的隊友各個運球技巧精湛，面對有些偏移的籃網，只見一個轉身、跳投，球一出手依然精準入框，隨即迎來全場如雷的歡呼，場面非常喧騰熱鬧。那時還會與外面的村莊一起進行聯賽，參賽的隊伍都非常重視村與村的交流競技，一切都得要求專業化。為此他們會撿拾一些木材廢料，利用平時做家庭代工的精湛手藝，將木材刷上油漆，再把做好的木板放在鐵架上，還要撿些布料，描上數字，再慢慢沿著數字的邊緣線從1剪到10，製作成計分板。

　　比賽即將開始，按下碼表計時器，一場匯聚所有人的期待與向心力的籃球比賽，就此展開。籃球賽中就地取材打造的設備，

不僅呈現眷村人惜物的觀念，也是團結、活力的展現。籃球場成為眷村的常設公共空間，也反映出在物資不豐沛的年代裡，眷村人用最低的成本花費，找出最能共襄盛舉的活動。只要一方平地、一個球框、一顆球和幾個朋友，即便打著赤腳也可以奔跑在籃球場上。透過這項團隊合作的競賽，也漸漸凝聚眷村的歸屬感。

敲打好計分板，全長春細心地以油漆描繪上最後一筆，便踏上前往籃球場的路途。途中經過一群正打著棒球的孩子，他們約上三五好友輪流戴著護具、拿起球棒，帶上軟式或硬式的棒球，來一場酣暢淋漓的棒球比賽。在籃球之前，棒球也是眷村凝聚感情的運動項目之一。民國五〇、六〇年代棒球運動轟動全臺，那時正值金龍少棒隊獲得世界冠軍，全臺灣人民歡樂慶祝奪冠之餘，也掀起了一股棒球熱，才有了這番景象。

例如銀聯二村，因為村內ㄇ字型結構的建築格局，被房屋包圍的中間空地非常適合讓居民們打棒球、跑步、運動。於是，銀聯二村的居民便將房舍中間約莫七、八十公尺長的正方形空地改建成操場，在全臺灣棒球熱正盛之時，能看見許多孩子，標記著簡易本壘板、壘包，開始打起了棒球。

不過，棒球需要更多的器材與更大的場地，漸漸的還是由籃球成為眷村人的主要娛樂。等籃球的旋風吹進了眷村，操場裡也加蓋了兩座籃球場，居民稱為西社社區球場。籃球場落成以後，眷村裡開始舉辦聯誼賽，他們會以軍種分成空軍和陸軍進行對戰。聯誼賽的時候也會有許多居民圍觀，空軍與陸軍的比分總是

呈現拉鋸戰，最後往往是陸軍略勝一籌，不過比賽重在交流，來自各方的球友無論輸贏，都會相約再到球場上較技。

　　籃球場傳來陣陣運球的聲音，全長春發現朋友們已經迫不及待的開始運球、投籃，他把計分板靠在場邊的鐵桿上，迅速地加入這場鬥牛。在眷村的籃球場，未必會有最好的設施，卻能在一片歡聲笑語中找到至交好友與珍貴笑容。

沁入心脾的清涼：水泵

　　早期的清水眷村，自來水並沒有透過管線普及到每家每戶，大部分眷村民眾都得到水泵打水。或許是一片空地旁一條小水渠、或許是一個等車的公車站，綠色銅製水泵的把手被上下搖動著，透過幫浦加壓取水的原理，不久後便會流出清澈的涼水。

　　一群眷村媽媽們往往一起圍在水泵邊洗著衣服聊著天，孩子們則在一旁嬉笑玩耍，將日常家務變成凝聚感情，彼此交流的歡樂時光。

　　後來，眷村的各家各戶引入自來水系統，水泵也隨著眷村的改建而拆除、消失，以往到水泵旁幫媽媽抬著洗好的衣服回家的小孩也茁壯長成了頂天立地的新一代。在眷村長大的孩子們，看到水泵還是會忍不住上前壓動那水泵的銅桿，再次讓流洩而出的水沖洗著自己的腳，就像回到童年，那個蜻蜓低飛、媽媽叫喚早點回家吃飯的年代。

眷村興建初期的抽水泵。（清水圖書館*提供）

五 鍋蓋頭就是時尚：理髮店

　　伴隨剪刀俐落開闔的刷刷音，一綹綹烏黑的頭髮跟著落地。活動中心旁的巷口，銀聯理髮店外的燈牌亮晃著，幾位男士在一旁等待著理髮師的巧手，迎接煥然一新的造型。這間理髮店的創始人是嫁入銀聯二村的葉碧桂女士的公公，在開理髮店之前，葉碧桂的公公原本在空軍三供處為部隊裡的軍官服務，因此成為軍職人員。起初被分配到水湳的房舍，後來考量到上班距離遙遠，便改換到離三供處較近的銀聯二村定居。

　　軍中對髮型的規定相當嚴格，葉碧桂的公公憑著熟練的手藝幫同袍們理著一頭標準平頭，直至退役後便在銀聯二村開起了理髮店。葉碧桂嫁入眷村前也是從事理髮工作，所以有手藝的她，也就成了銀聯理髮店的理髮師之一。出身臺灣本省家庭的葉碧桂，起初嫁到眷村中，對其中截然不同的文化、食物等都倍感格格不入，但隨著在理髮店內和客人談天說地，逐漸打破隔閡，融入清水眷村的生活氛圍。

　　理髮店內有三組椅子，卻僅有兩個理髮師應付絡繹不絕的人潮，雖然提供葉碧桂穩定的經濟來源，但背後卻是辛勞與疲憊換來的。天剛微亮，葉碧桂已經開始打理店面做準備，操著剪刀的手直至黑夜才停下來，而繁忙工作中唯一的娛樂活動，便是聽著來店裡的客人們講著一個又一個的八卦故事。

　　隨著時代演進，理髮的工具從舊剪到新，髮型的樣式也從最

單調的光頭與平頭，逐漸走向當下潮流。葉碧桂懷念地說，現在看起來俗氣的鍋蓋頭，以前可是最流行的造型。因應時下流行，理髮店會剪出不同的眷村時尚，卻都仍保有清水眷村的特色，緊密相連的情分，也永遠留在這些記憶所繫的空間與眷村人心裡。

六　人聲鼎沸的一桌好味：菜市場

　　天光微微嶄露的時候，街道上一個個或推著小推車、或提著編製提籃、或騎著腳踏車的婆婆媽媽們紛紛趕往菜市場，攤販早已擺好琳瑯滿目的南北貨，叫賣聲此起彼落地拉開一日的序幕。眼光銳利的媽媽們，緊盯著菜攤上剛採下來的新鮮蔬菜，高麗菜、福山萵苣、芹菜、馬鈴薯……，準備從中挑揀出最美味的那一個，來為今晚飯桌上的菜色增添風味。而熱情好客的老闆一邊吆喝，一邊拿著秤子秤著斤兩，遇上熟客還會給個優惠，多塞把蔥。

　　來菜市場當然不只有蔬菜，水果、肉品等生鮮食材也是必不可少的採買選項。肉攤上，販賣著牛肉、豬肉、雞肉各式家禽家畜，其中又以豬五花和三層肉堪稱眷村家戶的最愛。三層肉除了做蒜泥白肉外，炒辣椒菜及回鍋肉也是眷村裡的特色菜餚。

　　逢年過節時，肉攤生意則會比平日好個幾倍。老顧客催促著

老闆將選好的豬肉絞成絞肉，只見肉販把秤好斤兩的豬肉放入絞肉機，瞬時白紅相間、油脂均勻的絞肉便被機器推壓出來，裝進透明塑膠袋裡；有些肉販則是以手工剁成，只見老闆在大砧板前拿起雙刀，雙手節奏發力，一陣如鼓的剁刀聲後，也完成了一包細緻的絞肉。返家後將絞肉和上蔥、韭菜或者高麗菜等餡料，再用手工桿製的麵皮包成元寶形狀，最後點水封口、捏花，過年吃的餃子便有了著落。

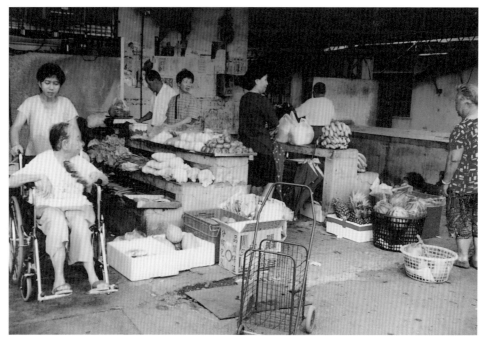

眷村菜市場一景（郭凱遠*提供）

　　內行的老饕還會問老闆要點豬尾巴，豬尾巴的數量並不多，卻是過年滷味料理的絕佳食材，豬尾巴骨頭上瘦肉軟嫩，外皮膠原蛋白厚實，常讓人吃得唇齒油亮留香。

　　除了蔬果、生鮮，菜市場還有南北乾貨、成衣、花卉等生活用品販賣，是常民生活不可或缺的一個場所。清水眷村的眷戶將菜市場稱為「菜攤」，每到早上還會有三供處派的軍用卡車接送居民們到菜攤進行採買。

　　然而，除了眷村外的菜市場能採買食材外，清水眷村內的眷戶各個廚藝超群，有些會在村內擺攤販賣，做點小生意。當時在陽明新村村內的巷口攤販，多半販售手工自製的饅頭、包子或麵食等料理，還有符合眷村人口味的四川泡菜、涼麵、湖南麵或甜酒釀……漸漸的村內各式攤商種類越來越多。無論菜市場的位置、品項如何改變，每日趕集為一家人購置生活用品的時光，都是眷村人的生活日常和難忘的生活記憶。

七　嗑瓜子也嗑牙：茶館

　　微雨的午後，茶館老闆勺起適量茶葉，加進暗紅反亮的陶製茶壺中，注入適溫熱水些許後，再慢慢拉高注水高度，最後蓋上壺蓋，等待茶葉浸潤、伸展。熱氣引領茶香飄出，茶館老闆專注地凝視著熱氣的轉變，心中默數著分秒，片刻後將茶壺傾斜約

三十至四十五度，茶水清澈如柱流向杯中，一杯溫潤的茶端到顧客面前。這是茶館風情，茶香總是吸引無數居民聚集於此。

清水眷村的茶館文化較相似於四川的茶館文化，除了細細品味一杯好茶外，還能遇見形形色色的人與事。兩個老者相互對坐，桌上擺起方盤，棋子如兵馬，他們炯炯有神的雙眼讓圍觀的人也入了迷，紅兵黑卒在楚河漢界上廝殺，炮飛車行馬走日，兩方雖未說話，卻能勾起圍觀者的興致。

相較冷靜的象棋手談、紙上談兵，另一個角落圍著一群人，嘴裡嗑著瓜子，手裡搓著兩張黑牌，有時將一張牌蓋在另一張上，緩緩推開，瞇著看牌面，有時先以手摸牌後，再雙牌齊開，自信的展示自己摸牌的技術。每當有人喊出「至尊寶、猴王對、皇帝」等術語，便有幾家歡欣大笑，幾家愁容滿面。有時，有家拿了「雙地」大喊著對其他家叫囂，瞬間另一家亮了「雙天」的牌，持有雙地者便有一種時不我與的惋惜，圍觀的群眾看著很是有趣。

茶館裡除了有冷靜的對弈者、熱鬧的互博者，還有純粹來談天說地的居民，有時眷戶會自己帶些小食來配茶、有時茶館主人會準備好配菜，隨著茶香與人語，茶館內越到傍晚越是熱鬧。

清水眷村內有戶唐家，便是開茶館的，只見掌櫃忙裡忙外地招呼客人，用鋁製的大壺泡著香片、普洱，替絡繹不絕的客人們倒上熱茶。「唐小鬼來盤瓜子兒！」遠處有人高聲喊著，因為唐家的茶館是雙併建築，格局較大，便也需叫喊得更大聲。

「好哩，這就來！」掌櫃迅速將瓜子端到客人桌前，又手腳俐落的斟滿客人已見底的茶杯。唐家茶館總是高朋滿座，跳棋、圍棋、象棋等娛樂一桌桌地擺上。還會時不時舉辦插花、說書等活動，週五及假日是最多人的時候，光收茶錢與瓜子錢都能讓掌櫃忙不過來。

　　「老爸，回家吃飯了！」有時能在店內或門口聽到這樣的小孩喊聲，大家便會幫忙找人，看著這些乖巧、可愛的孩子，有些伯伯、叔叔們當然也不吝嗇請吃點瓜子、糖果之類的小點心。

　　茶館作為眷村重要的文化之一，除了是居民的生活娛樂場所，更是眷戶交流資訊、培養感情的地方。唐家茶館的唐朝凱也藉著開設茶館的契機，與在地居民建立良好關係，後來成為當地服務村民的熱心村長。

八 天南地北一線牽：公共電話

說到公共電話，腦海中會浮現什麼樣子呢？大多數人或許會先想到電話亭、車站外的壁掛式電話，投入硬幣或電話卡後才能順利撥號，但清水眷村的公共電話十分特別，跟我們一般的理解有所不同——當時清水眷村的公共電話指的是放在村長家的電話座機。

眷村最早的時候並不是每個家庭都有電話，只有村長的家裡會有軍方配給的軍用電話。每當有需要用電話聯絡的人，就要專門跑一趟村長家才能使用。但畢竟是設在村長家，每次通話也不好說太久，只能盡快長話短說。

當時，電話座機旁會擺一個空的奶粉罐，作為大家每次來使用電話時，往裡面投一塊錢當作通話費用的儲錢罐。這是個沒有強制規範、無監督無罰則的共識，所以每當聽到錢幣咚咚投入罐中的聲音，也彰顯著眷村居民自發性遵守規定的純樸、誠實。於是村長家不時會接到來自四面八方的通話。有時會接到木工、金工或水電師傅的來電，便知道哪家哪戶又要擴建房屋或修繕門窗；有時若接到說著「我是某某老鄉」的電話，便知道是敘舊的成分居多；當然也會接到一些外地人的訂購留言，那是因為眷村的美食漸漸名揚周邊城鎮，總有些愛好美食的老饕經歷一番查找打聽後，打電話到村長家，希望覓得念念不忘的美味。而村長的孩子通常會擔負起通信的角色，他們會跑到各戶人家通知電話來意。所以在當時的眷村，村長與各戶居民的聯繫都相當緊密，彼此感情也非常和睦。

　　民國六〇至七〇年代，電信局便開始到各個眷村小鋪裝設壁掛式公共電話，打電話就變得更加方便。從最初的投幣式電話，再來則衍伸出電話卡等不同形式，講電話變得更自由，通話時間也因此更長、更具隱私性。科技不斷進步後，手持行動電話、智慧型手機的使用人口逐年提高，使公共電話裝設量逐漸下滑，也越來越少見，曾經到村長家借電話順便談天的日子，也早早走進回憶。

　　眷村人們回憶中的公共電話，不只是冰冷的物件，而是以溫暖問候與關心，將天南地北的緣分牽在一起的祝福。

眷村年代的電話座機。
（清水圖書館*提供）

九 下有蛆爬，上有菸熏：公廁

　　夜晚的公廁是每個眷村孩童懼怕的地方。賈瑪莉還記得，那時候她拉著兄長，才敢慢慢走向那黑暗無燈通往村邊公廁的路。哥哥為了保護妹妹，也會強忍著害怕，兩個孩童便這樣結伴前往眷村孩子們都懼怕的夜晚公廁。路邊不時的風吹草動、狗吠、貓嚎，都能讓人嚇破膽。有時候幾個哥哥因為太害怕了，就偷偷在圍繞著眷村的稻田裡解決，或者在住家附近的水溝便溺，但對於賈瑪莉來說就必須到那臭氣熏天的公廁裡，才能排解生理需求。

　　公廁旁有著一顆大的蓮霧樹，在果實纍纍的日子裡，地上也滿是軟爛的紅果，樹上爬過的夜貓，冷不防的嚎叫，讓在木門內的賈瑪莉害怕極了。本想分散注意朝天上一看，卻撞見滿是蛛網的屋頂，往下瞧公廁設計的傾斜涵管內，雖看不見穢物，但伴隨著熏天的臭氣，總也會看見蛆蟲蠕動地爬行，不僅在踩踏的平台，甚至公廁的牆壁。那樣的氣味可不是簡單的臭味，還有果酸與菸味，很多人喜歡邊如廁邊抽菸，菸味因此在公廁間縈繞，久久難以散去，形成賈瑪莉所說的「下有蛆爬，上有菸熏」的窘迫處境。

　　她想起眷村內老者說的關於公廁的故事，因為公廁經常失修而明滅的燈光，故而也曾流傳著一個古老的鬼故事：「在閃爍燈光的詭譎氣氛中，傾斜的涵管內，會有鬼手伸出抓人！」因為實

在是太害怕了，她向父親表明了自己的恐懼，就在忽明忽滅、鬼影緊隨的恐懼中，賈瑪莉的父親用機棚裡的大燈罩，為她搭設了一個小廁所，且親手敲成個小馬桶，為她童年幼小的心靈帶來了一絲暖意。

　　眷村人對於公廁的印象也不全然只是害怕。一個適合耕種的白日裡，眷戶會挑著竹擔子，前往公廁挑肥回家，滋潤家中的菜園。這些肥沃的養料種植出來的蔬菜，是艱困日子裡眷村人的美餐。

　　家家戶戶都設有廁所之前，眷村人白天就會到公廁如廁，晚上則是在家裡備有尿壺、尿桶，早上起床後再由小朋友負責拿去倒掉，清洗好後再拿回家中放置。由於眷戶每日均需在公廁前排隊輪流如廁，故公廁在當時亦是彼此左鄰右舍話家常的公共交流空間。

　　以前的年代去上公共廁所，總得小心翼翼深怕不慎掉入廁所坑裡。因為公廁裡或公廁旁設有化糞池，並會在化糞池蓋上打孔，以提供鄰近居民舀撈作為肥料之用，有時鐵蓋因年久失修而有些脆裂，又因報修速度過慢，來如廁的居民不小心踩到，就會聽到「蹦！」的一聲脆響後，陷落下去，染上整身沼氣，那是一股熏臭難忍的味道。等到臺灣社會經濟穩定，居民家裡裝設有抽水馬桶且引入自來水後，公廁需求減少，便被逐漸改建為涼亭等公共設施，但兄弟姐妹一起結伴到公廁的記憶，與長輩為了不讓孩子們晚上隨意出行所編造的鬼故事，成為了只屬於那一代人的回憶。

十 乘涼遮蔭，樹影婆娑：涼亭

　　巨大樹木的根緊緊盤住泥土，作為它不斷生長的根據，密集蒼翠的樹葉下，陽光被篩成了星點狀，人們會在樹旁建造涼亭，或者乾脆以大樹的樹蔭作為納涼的處所。信義新村的薛台蘭會從家中端出幾道菜，前往涼亭與眷戶們一起聚餐，他們分享著各自做好的美食，香味四溢到經過的左鄰右舍都嘴饞了，便會走到涼亭聊聊天，當然，熱情的眷戶也毫不吝嗇，邀請大家一同享用。

　　清水眷村的涼亭多半是過往的公廁改建而來的，因此通常會位在村落的外郊，部分則新建於村莊內。涼亭畢竟位於戶外，承受著風吹日曬和雨淋，時日久了，也會老舊、壞損。關於涼亭的修繕，則有個有趣的故事：涼亭下，人們會聚集起來玩撲克牌的「撿紅點」，贏的人會負責涼亭的修繕，或者購置燈具，讓涼亭的夜晚也

信義新村長樂（壽）亭原貌。（《臺中清水眷村文化園區整體規畫》，2014）

能成為大家休憩的場所，也因為這個不成文的默契，讓無論輸家或贏家都能皆大歡喜。

大人們總愛在忙了一天後到涼亭邊稍作休息，婦女們聚在一起聊著家長裡短；退休的長輩踩著拖鞋拎著竹扇，抓起象棋便全神貫注進入棋局；涼亭裡也少不了孩子們，三三兩兩玩在一起，騎馬打仗、跳房子或扮家家酒，偶爾會一身泥濘地回到家，難免少不了一頓挨罵。涼亭是每一代人都喜愛的秘密基地，在這一方小小屋簷下，有著整個眷村的感情。

美餐過後，薛台蘭與朋友們便會各自領著孩子們返家，無論是大人與小孩都相約著下一次在涼亭的小聚。眷村的涼亭就像眷村這個大家庭的客廳，是人們吃飯、娛樂、談天的地方，更是約定再聚的所在。

三

戀戀清春
日常時光

一方水土養一方人，清水眷村有著自身獨特的文化。中國貴州、杭州、四川、湖南……各地的空軍後勤部隊及眷屬們，因為發動機製造廠與降落傘製造廠，相聚在臺中清水眷村。他們會利用飛機的殘片製作金工工具、蒸籠與鐵鍋；家家戶戶在過年時節輪流滾著鐵桶燻製臘肉；春節團拜後婦工隊、自治會等組織如火如荼地關心著街坊鄰居的生活；眷民們會一起擀著北方口味的麵食、看著露天電影、跳著舞曲，共同度過這些有你有我的日常。

本章將從清水眷村的主要特色談起，深入眷村物、眷村味、眷村日常，挖掘清水眷村獨特的文化與生活。

興家安居
的眷顧

　　「又有一家的窗戶貼上了紅彤彤的雙喜，那是一對初成婚的新人，準備共度柴米油鹽的日子。」淑霞看著喜慶的婚房，憶起自己當初也是這樣步入婚姻的殿堂，來到了清水眷村。

　　那年外省士兵光華到淑霞家開在鎮上的雜貨店採買日用品，便對年方二十、個性溫婉的淑霞一見傾心，光華的成熟穩重也讓淑霞能夠得到依靠，兩人旋即陷入熱戀。光華早已年逾三十，但礙於當時軍中的限婚令，一直未能跟淑霞的父母開口提親。兩人盼呀盼，終於盼到下修申請結婚的年齡的命令下來。為了準備婚禮所需的儀式、用品，光華掏出省吃儉用許久的積蓄外，還得四處向同袍商借，才勉強湊足聘金的份額。

　　出嫁那天炮仗聲連綿不絕，身著白紗、穿戴著金燦燦黃金首飾的淑霞，在伴娘和伴郎的調侃下羞紅了臉，看著站在身旁西裝筆挺的光華，他們知道彼此將一同度過餘生，並共同肩負起養育一個家庭的責任。

✕　　✕　　✕

　　因應著軍眷照顧制度，分配房屋的標準為軍官是否婚配、組建家庭，因此婚姻制度也是軍眷照顧制度中至關重要的一環。然而，來臺初期的國軍想要順利步入婚姻並不容易。政府撤遷來臺之初，只將臺灣視為反攻大陸的暫時基地，為了讓全體軍民同心

發展國防產業，隨時做好作戰準備，在維持戰力、減輕財政負擔和防範共諜滲透等考量下，並不鼓勵軍人在臺灣結婚。

　　戰爭時期，許多軍人們為國家犧牲奉獻，也因此錯過了許多姻緣，然而，軍人們對於戀愛親密關係、幸福美好的家庭生活的渴望，與傳宗接代的傳統觀念帶來的精神壓力，部分軍人在外私自結婚的情形層出不窮。政府注意到此問題，再加上當時的國防戰略方針轉變，便修法逐漸放寬限制條件，直到2005年才將專法澈底廢除，讓軍人也可以享有自由婚戀的權利。

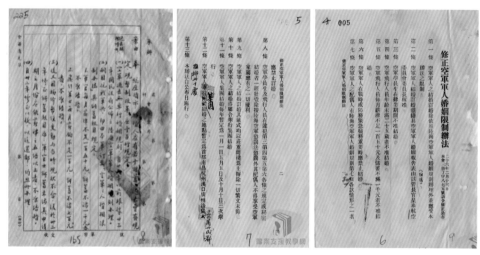

早期空軍人員結婚除了據1934年公告的《陸海空軍軍人婚姻規則》辦理外，還需遵守1937年制定的《空軍軍人婚姻限制辦法》中的其他規定，其中除了規範申請結婚的辦法、批准層級、年齡、禁婚限制、團體結婚的時間和地點等，並明定結婚人應有若干儲蓄方能申請結婚，薪給金額和儲蓄金額則因戰爭動亂和幣制改革等而有變動。（左圖檔案影像來源：國家發展委員會檔案管理局,檔案支援教學網 https://art.archives.gov.tw/FileImg.aspx?FileID=1197&ImgID=2568；中、右圖檔案影像來源：國家發展委員會檔案管理局,檔案支援教學網 (ttps://art.archives.gov.tw/FileImg.aspx?FileID=1196&ImgID=2566)

眷村婚禮紀實。
（孫清雲*提供，1961）

限婚令

遷臺初期，政府於1952年制定公布《戡亂時期陸海空軍軍人婚姻條例》，對戡亂時期的軍人結婚有更嚴格的限制：訂婚、結婚必須於一個月前填寫結婚報告，呈請所隸長官核准；除軍官佐、准尉及學生、軍用文官及陸海空軍技術軍士外，現役在營期間的陸海空軍士官兵和未滿三十八歲的男性軍人均不准結婚。後因這些限婚條件，造成軍人未報准而私婚、逃兵的現象頻傳，或各軍種禁婚的規範不一而引發爭議，政府遂於1959年重修為《戡亂時期軍人婚姻條例》，將男性申請結婚的年齡由38歲的門檻下修為25歲，並額外放寬現役士官、士兵只要服役滿三年也可申請結婚的條例。1992年再次改訂《軍人婚姻條例》，直到2005年廢止此專法。

　　婚姻制度的放寬，也意味著軍官家庭組織、眷村房舍分配狀況的改變。在此之後軍眷的家庭組成呈現了幾種樣貌：最常見的便是在中國已經完婚，舉家遷移來到清水眷村的家庭；再者則是以中低官階軍人為主，在放寬結婚限制後，經由同袍或友人介紹，而與臺灣女性相戀並共結連理的家庭。當時軍人的薪餉雖不高，但是最基本的生活保障仍能顧及，所以成為很多臺灣中低收入家庭女性通婚的考量對象之一。而因為前期婚姻制度的受限，致使眷村內許多士官兵晚婚，便也常見老夫少妻的夫妻組成。

　　時代的困苦，國家政府也有所體察。為了讓戍守前方的軍人沒有家庭經濟的顧慮，國軍遷徙來臺前，已有1937年的《應徵新兵及其家庭鼓勵辦法》頒布，對出征軍人的家屬特別給予慰問、救濟與相關優待等，而國軍遷徙來臺後，即使軍官待遇微薄，但1956年制定《國軍在臺軍眷業務處理辦法》，施行「軍眷補給制度」，提供給軍眷生活上的補助。當時可憑「軍人眷屬身分補給證」（簡稱「眷補證」）中的「糧票」及「眷補」，依每戶的「口別」領取固定的糧食、燃料、代金等實物與現金，皆按月由軍方派車送至眷村大門口或廣場，再請村長廣播通知各眷戶，持眷補證前往排隊核實領取。對眷村家庭來說，眷補制度是軍人在為國家效命、保衛人民之餘，確立家庭生活穩固的一份重要支撐。在各種軍眷照顧制度下，協助眷村居民度過早期艱辛的日子，也讓他們能在這塊土地上落地生根，也成為日後眷村重要的生活記憶與文化特徵。

眷屬證

1949年頒布發動機製造廠遷臺命令後，發動機製造廠人員在取得「空軍發動機製造廠（廣州）眷屬證」後，准以由廣州遷至臺灣清水。遷臺後政府為照顧軍人和其眷屬的生活起居，實行軍眷照顧制度，除核發有「空軍眷舍居住憑證」分配眷舍於清水忠勇新村安居外，另核發有「眷屬補給證」，子女除享有教育補助費，並能憑眷補糧票配給米、麵粉、煤、油、鹽。（顏足貴＊提供）

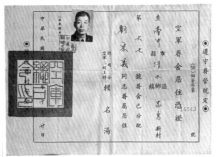

✖　　✖　　✖

　　淑霞望著掛在牆上、略微泛黃的婚紗照，婚紗照裡兩人笑得多甜，歷經無數個日子的盼望，和光華終於有情人修得共枕眠，但美滿的婚姻背後也伴隨著生活的壓力。所幸淑霞精明幹練，每個月持著政府核發的眷補證換糧後，便開始精算著如何撐到下次的發糧日，「上個月還剩下一些麵粉，等等來和隔壁的王媽媽換點米……」，就這樣左節右省，偶爾再兼職接些家庭代工以支撐家計。

　　由於清水眷村的眷戶來自大江南北，各自操持著不同的口音，初初乍到眷村生活的淑霞，常因有聽沒有懂而造成誤會，也鬧過不少笑話。而眷村嗜辣重鹹的飲食習慣相異，更是讓淑霞著實感到困擾，因為總是對不到光華的胃。由於淑霞在閒暇之餘都會義務幫忙鄰里修補衣物、個性又客氣，所以深獲眷戶們的好感和信賴，眷村內的外省媽媽們便也常拉著她分享著來自家鄉味的食譜，並相互交流著各自的語言用詞和文化習性，就這樣淑霞很快地便融入了眷村的生活，感受眷村社會特有的兼容並蓄和強大的包容力。

（張麗芳*提供，1948）

物村眷

　　歲月會在物品上留下斑駁的痕跡，物品也因此成為時代留下的記憶。在眷村生活的時光裡，眷補證讓眷戶的生活有了依靠；降落傘製造廠的傘布，成為家中的花色窗簾與孩子們上學用的背包；家庭代工則是每家眷戶客廳的場景，而藺草帽與聖誕燈飾則是清水眷村的獨特產品。在辛勞了一天後，利用飛機殘片製作的精巧蒸籠蒸著熱騰騰的包子、饅頭，年節時分，自製的金工工具也不可少，鋼鍋盛菜、鐵桶燻肉，每家每戶還能輪流著用。穿著制服的學生穿梭在眷村的巷子裡；風華絕代的摩登婦女身著旗袍，探頭一望，在黑膠唱片的歌聲中，所有物件串聯出一幅眷村即景。

 ## 困苦年代下的堅實後盾：眷補證

　　每個月的第一個周日上午九時，在果貿一村的大門口，發放補給的士官們從隸屬於空軍的兩噸半大卡車上動作神速地搬運著物資，米、油、鹽等糧食和日用品一字排開，眷舍外人聲頓時鼎沸了起來，眷戶們排著隊，等著領眷糧、眷補，期間不忘相互問候，聊著家中孩子的學業、近期的生活趣事……

　　每當這時，張大鈞的母親總會早早操持著菜刀鍋鏟，煮起一桌色香味俱全的菜餚。隨行押車的補給官總是一下車便先走進張家的廚房，把柴米油鹽等一應物資搬放在桌上，並將代金交給了

張家母親。補給官誇獎著上回在張家作客的菜色豐盛，張家母親也笑著邀約他們發完補給後再一起留下來吃午飯。還不待補給官回應，幫忙搬物資的軍官就開心著答應了，好客的張媽媽煮起飯來更是起勁，一道道佳餚的香氣讓屋外排隊換糧的眷民們也直吞口水。

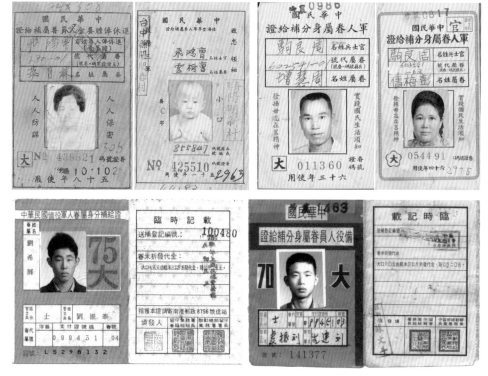

一九六〇至八〇年代清水眷村中尚存的各式軍人眷屬補給證，從中除可見眷補證證件形制的時代轉變，也顯見政府在軍人服役的不同時期對於軍眷提供的生活保障。（清水鎮公所*提供，周念慈*提供）

　　戰後的臺灣社會物價波動迅速、百業蕭條且就業困難，故在民國五〇年代中後期、臺灣經濟起飛以前，隨政府遷臺打拚的眷戶們普遍日子過得清貧。眷村第一代男性大多都是軍人，起初軍人的薪餉極少，且遷臺的眷戶們能從中國帶出來的資源本來就不多，更何況不像本地居民有塊自耕農地尚能自給自足，故當時的眷村婦女們除了照顧家務，還會出外兼職以貼補家用，或會在家中客廳帶著放學的孩子做起家庭代工。在最開始的居住問題解決之後，隨之要面對的便是眷村的糧食和民生物資不足的問題。

　　而為照顧遷臺軍民，政府於1950年制定並實施「生補費」（生活補助費），以穩定社會民心，並開始供應基礎生活物資給眷戶。當時政府遷臺之初尚未統一身份證，為了確認每位軍人以及眷屬的身份，製作了「軍眷身份補給證」（眷補證），一方面除了提供身分識別外，也可以輔佐補給制度的建立。

　　眷村中的每個人都會有一本貼有自己照片的眷補證，眷補證內頁便附有俗稱的「糧票」，眷戶們每月都可以憑糧票領取當月配給的糧食。每當眷村巷口響起銅鈴聲和隨之而來的「發米囉！發米啊！」叫喊聲，眷村媽媽們便會趕快拿著糧票和瓶瓶罐罐、大袋小包等容器，快步跑進排隊隊伍中。眷村的人們便靠著眷補證領取補給福利，除了補貼生活所需，持有眷補證的軍眷們還能享有醫療就診、教育補助、日用品採購福利、實物補給和代金、家用水電費減免、眷舍配住購置等軍眷補助與照顧權益。

　　眷補證並會依眷屬年齡發放不同配額。在「軍眷實物補給」項

下包含了燃料費、水電費，以及每戶「配偶一口，子女四口（後改為二口）的糧食與日用品補給，依不同「口別」發放相對應的米、油、鹽、燃煤、麵粉等物資和領取固定配額的「煤球」，後來改發現金稱作「煤代金」。各項配給統一由軍方或委託農會、合作社等方式每個月配送發放到各眷村，除了是當時眷村居民們賴以維生的糧食物資，也是一份重要的收入來源。

待家家戶戶攜老扶幼地領完眷補，人們逐漸散去後，張大鈞的父親便親切招呼著士官們趕緊到家入座，不待母親端菜上桌，張大鈞便先鑽進廚房，給自己盛滿一碗香Q的白飯，毋需任何配菜，只消拌上一勺豬油，待凝固的油脂化在熱騰騰的白米上，再

早期眷村居民持有的糧票。物資依照不同口別發放，分為小口、中口、大口。小口指未滿五歲者、中口指五歲以上未滿十一歲者、大口指年滿十一歲以上者，年齡滿十八歲無繼續就學者則停止配給。（清水圖書館*提供）

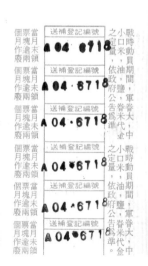
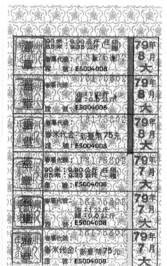

淋上一匙醬油、撒上綠白蔥花段，美味的豬油拌飯便完成了。豬油是物資缺乏時期的肉食替代品，豬油拌飯便成了眷村記憶中的古早美味。

　　此外，讓眷村人印象深刻的，還有那一包包標有「駱駝牌」、「蝴蝶牌」、「藍金雞」等字樣的大包裝麵粉，麵粉製作的擀麵、包子、饅頭等麵點不僅供自家食用，多的還可以與鄰里互換或擺攤販售；麵粉用盡後，眷村婦女也都會將棉質麵粉袋經過巧手裁剪，縫製成適合家中大小的內著衣褲！物盡其用的獨特自製衣物，是眷村的風景，也是時代的記憶。

眷村家戶中常見的大包裝棉質麵粉袋。
（清水圖書館*提供）

二 清眷的拼貼新時尚：傘布

　　降落傘製造廠內，車縫機運轉的答答聲不絕於耳，傘廠員工們專注地負責每一道工序。這是廠長俞建夏下班前最後一次巡場，他不僅檢查著工作，也關心員工們的身體，畢竟無論是年輕或年邁的雇員，長時間繃緊神經地工作，總令人疲累。

　　同仁們下班離開傘廠前，都會把當天的工作收尾，並清潔自己負責的區域。這時候往往會清出許多製作降落傘的餘料，在資

降落傘傘廠每逢過年均會舉辦新春團拜，當時的會場布景即是傘廠以白、橘、墨綠色的傘布所製作裝飾。（孫清雲*提供，1976）

源緊缺的時代，丟棄任何物資都讓人覺得可惜和浪費，於是在傘廠工作的眷村媽媽們，偶會違反規定將廠裡製傘裁切後剩下來的碎塊布料帶回家中，以巧手加工組合，再縫製成窗簾、圍巾、桌巾、書包等各式用品。特別是傘綢輕薄的性質，能做出舒適光滑又觸感極佳的窗簾；而小塊的傘綢縫製的圍巾，白色、橘色、綠色……各種顏色交錯，看起來很是時尚。

　　而這些充滿巧思的手作，也大多是眷村家庭的婦女在工作、家務之餘，利用閒暇時間「邊做邊學」習得的技術。有些眷村第二代、第三代，耳濡目染下也承襲了這樣的技藝，成為記憶傳承的一部分。

傘廠餘料製成的各式生活用品（如國旗、麻將桌巾、腳踏車後座墊及置物袋）。（《臺中清水眷村文化園區整體規劃案報告書》，2014）

三 我家客廳即工廠：家庭代工

各眷戶的廚房陸續飄出了炊煙，張媽媽站在家門口叫喚著美翎趕緊回家吃飯，美翎乖巧地幫忙擺置碗筷，並在飯後幫忙收拾餐盤。把餐桌擦乾淨後，美翎坐在客廳，手裡拿著一顆顆棒球，等母親洗好碗一起做代工。美翎第一次接觸到「棒球」，並不是在操場跟朋友們一起組織球隊、互相玩耍，而是在客廳裡跟著母親縫製棒球，如同她第一次聽聞「聖誕節」，也是從幫忙母親代工聖誕節慶燈飾一樣。而跟著母親承接的眾多代工中，張美翎印象最為深刻的，便是花花綠

清水鎮興雄毛衣廠廠房鄰近眷村，故眷村婦女皆會領取毛衣料等配件，在家縫製毛衣衣領、袖子、鈕扣、繡花等加工。
（孫清雲*提供）

綠的聖誕節毛衣。攤開毛衣，首先一個個挑掉多餘的線頭，然後仔細檢查，將鬆脫處再鉤織整齊，這一件件象徵著西方歡樂節慶的衣裳卻成為美翎的童年印象，並也開啟日後她對手工藝的興趣。

　　民國五〇年代，臺灣社會走向工業化並設立加工出口區，促成紡織、紡紗、成衣等產業走進黃金年代。1972年政府提倡「家庭即工廠」的運動，使這些原本集中在工廠的勞力密集工業，得以擴展到每一個鄉鎮和城市郊區，乃至於進入全臺灣平民家庭的客廳之中。

　　清水眷村的媽媽們也因應這股潮流，紛紛做起家庭代工以補貼家用，代工品包含繡花、織毛線、結髮網、製作涼鞋帶、聖誕燈、塑膠花、剝毛豆和縫製旗袍馬褂等等。女孩們放學後總會待在家裡，跟著母親學打毛線帽、圍巾和針線裁縫，補貼家用之餘還能賺取零用錢。而搭配金燦燦穗帶的儀隊服飾，是女孩們最嚮往的華美服飾，家庭代工所需的十字、人字繡工也就成為了眷村家庭的傳承技藝。

家庭即工廠

「家庭即工廠」也可稱為「客廳即工廠」運動，時任省府主席的謝東閔，呼籲人民以勞動支持加工出口區產業，帶動臺灣外銷經濟的口號。然而，臺灣菁英的勞力與家庭代工的施行，是臺灣經濟起飛的重要因素之一。

（清水圖書館＊提供）

　　夜晚，母親在客廳昏黃燈光中打著毛線的身影，總深深烙印在不少眷村居民的腦海裡。代工的毛線衣完成後，總會有剩下的毛線，勤儉持家的母親便會留下來，替全家再製成毛衣、背心，甚至還能加工成桌巾、床罩、髮網等生活織品。眷村小孩小時候身上穿的毛衣，幾乎都是媽媽鉤的，等到小孩長大穿不下了，母親便會把整件舊毛衣拆開、熱水燙煮過後，用變直的毛線重新再鉤打件新的毛衣來。

　　而代工產業除了毛線活外，聖誕燈飾則是融合了當時特殊歷史背景的產物。由於美軍於八二三炮戰後進駐公館機場（今清泉崗基地），並駐守了長達近二十年，在這段時間裡，美國文化多多少少影響了眷村軍民的生活。每年一到聖誕節，清水的紡織廠便會湧來大量美軍基地以及外銷的訂單，其他工廠也會有大量製作聖誕樹、聖誕燈飾、玩具等的需求，由於工廠一時難以消化旺季時期的大量訂單，便會將部分工作外包給眷村住戶做代工。

　　而清水眷村的家庭代工也受到在地產物的影響，如大甲盛產的作物藺草，便是清水眷村的眷戶能就近取得的織品材料，因而編織起了藺草帽、草蓆等日常用品。在臺灣副熱帶酷暑的夏日裡，藺草可是必備的良品。更有甚者，還會因應當時罐頭外銷的產業，在家中搭設菇棚種植洋菇。

　　眷村的母親和孩子們究竟做了多少種代工，細數起來十根手指都不夠用，眷村人只清楚記得，一家人在客廳聽著收音機聊著天，同心協力完成家庭代工的回憶。

四 天生「廢材」必有用之雙手萬能：自製生活用品

眷村人平時特別喜歡自己和麵、揉製麵糰，將塑形好的饅頭一顆顆裝進蒸籠裡蒸炊，那香甜的麵香總讓人垂涎三尺。即便只有自己一個人過著不富裕的日子，但正因生活刻苦，更能體悟惜物的觀念。尤其是使用的是自製的金工蒸籠，蒸出來的饅頭每一口都帶著自豪的美味。

眷戶自製的木工專用刨具和榔頭。
（清水圖書館*、李冬梅*提供）

眷村第一代的艱苦與克難，是現在人們難以想像的。清水眷村的眷戶們往往不花大筆錢購買蒸籠等用具，都是就地取材，撿拾製造發動機剩餘的廢鐵邊角料，運用雙手一槌一槌慢慢地敲打出需要的器具。這些傳承下來，保留了前人生活智慧的用品至今仍保存良好，甚至可以繼續使用。全長春端出眷村人自製的鋁製蒸籠，便說這幾乎是眷村中每家每戶的父親都會槌製的，並特別提到：「這蒸籠的

眷戶自製的鋁桶及水瓢。
（清水圖書館*提供）

結構，就和飛機一樣是用鉚的！」在在可以感受到清水眷村與發動機製造廠的緊密聯繫，也能看見眷村人對自身手藝的自豪。除了自製蒸籠外，清水眷村裡自製的鍋碗瓢盆也都與鄰近空軍基地有著密不可分的關係，由於是航空工業用的材料，所以用廢棄飛機鐵片細細地敲打做成的湯鍋、鍋鏟、煎鍋、湯勺等，比起花錢買來的，硬度更佳且耐用。加上清水眷村的眷戶多出身於航空工業，具備造模、翻砂、電鍍等專業的工業技術，因此個個手藝精巧，好手藝配上好材料，自製出來的用品品質當然也是一流的。

　　而鐵桶則有著關於年節的故事。清晨時分，聽著窗外傳來陣陣鐵桶滾動的聲響，那是眷村裡最有年味氣氛的聲音。鐵桶是為了煙燻醃臘肉，用汽油桶改造而成的。製作臘肉時，多半會以甘

眷戶自製的木桌、木椅。除金工之外，眷戶的木工能力也是一流。
（清水圖書館*提供）

蔗皮煙燻，當這一家燻完，本著鐵桶不怕摔的特性，又加上愛惜資源以及鄰里間互相分享的心情，便把它滾到下一家，流輪共用，形成眷村過年時的特殊景象。清水眷村裡迎接新年的不是鞭炮聲，而是鐵桶挨家挨戶、沿路滾動的聲音，大家在金屬碰撞的鏗鏘聲中歡慶新的一年到來。

鋁質煙灰缸，是利用廢棄的發動機活塞自製加工而成。（清水圖書館＊提供）

自製的生活用品也與動盪的大時代相關，從中國撤退來臺時的倉促，讓眷戶們只能拎著幾個皮箱，放些重要物品便漂泊到了臺灣。在清水眷村定下來後，一些帶不過來的大型生活用品便要從頭開始準備，而物資稀少的時代背景，讓眷戶們珍惜每一滴資源，用雙手打造出安穩生活所需的一切。

自製的灑水壺，並將「乳牛」圖案剪貼在壺身作為標記，相當別出心裁。（清水圖書館＊提供）

五　我們穿著不一樣的制服：「客製化」制服

　　制服是青春校園的回憶，穿上熨燙直挺平整的制服，除了能感受著對於校園的歸屬感外，還能成為畢業紀念冊裡光鮮亮麗的一頁。而清水眷村的青年在畢業紀念冊中穿的制服，不同我們想像的整齊劃一，而是具備各家獨特風格。

　　離清水眷村最近的高中是清水高中，當時讀高中要戴大盤帽、穿卡其制服配皮帶、著黑色鞋襪，教官總會在校門口照看，檢查同學的服裝儀容是否符合規定。如果學生的父親是附近清泉崗基地的空軍，便可能拿了父親的空軍軍服充當學校制服。因為

建國國小夏季制服
（ 孫清雲＊提供，1968 ）

空軍航校制服
（ 馬玉珍＊提供，1944)

空軍軍服的顏色、材質與高中卡其制服極為相似，只是看起來稍微白了一些。或者，腳上踩著的也可能是軍方的鞋襪也不一定。

　　少年低著頭穿梭在上學的魚貫人群中走進校門，白色的空軍制服，是父親的舊衣，穿在還是青少年的他身上顯得有些寬大，而揹在身後的傘布帆布包，配色因為拼接而顯得不自然，輕易就能看出是家庭手工自製的成品。雖然他並沒有覺得母親手工製作的帆布包有什麼不好，但相對那些能夠購買嶄新書包、或揹著繡有學校校徽書包的同學，內心裡還是因為有所差異而覺得窘迫。

　　越是靠近校門，他越發覺得緊張，暗中觀察教官的眼神掃視到了何處，並期許自己能夠規避掉這次的服儀檢查。「欸！這位同學！」教官粗獷有力的聲音響起，他知道自己已經被發現了，但教官只是抬起雙手，把他頭上有些歪斜的帽子戴正，說：「下次帽子戴正，進去上課。」

清水高中制服
（舒治君*提供，1972、周念慈*提供，1970）

　　回憶裡的清水高中校門口，常有這樣的故事發生，體諒學生家境或許並不優渥、生活困苦，教官多半睜一隻眼閉一隻眼的通融。相較於對頑劣分子的嚴格，這些從眷村搭著吉普車來上學的窮苦孩子，更多的是給予一份關心與疼惜。

　　信義新村的胡清平憶起求學階段，因為父親銀灰色的空軍制服，與學校要求的卡其色制服很相似，當時家境拮据，他便穿著父親配給的舊制服和軍鞋、襪子到學校。銀聯二村的王麗娟則談起一段過年添購新衣的故事，過年到大市集上去，總會看到琳瑯滿目的漂亮衣服，其中質感輕柔的旗袍，是風華正茂的荳蔻少女心中渴望的服飾，她雖會一間一間地逛著這些炫目華美的服飾店，但最後總是挑了黃卡其色的衣服，因為這樣便能充當學校制服度過幾個學期。清水眷村一代人的心中，保留著應變生活各處的智慧。

建國國小夏季制服（孫清雲*提供，1973）

六 日常的風華絕代：旗袍

旗袍在當今社會常被擺設在唐裝展示櫃中，或只在特定宴會、主題派對、時裝周走秀等場合看到，但其實在清水眷村街巷間的歷史時光裡，旗袍是當時的日常穿搭。

現代的旗袍款式多樣，布料綢緞更是質地細緻、透氣輕薄，摸上去絲滑如流水。過往的眷村旗袍雖沒有那麼好的料子，一般也都是素色的，但有些人家則會在旗袍上繡上碎金花、刺上綠葉紅花，較特別的還會繡有蜻蜓、蝴蝶等圖樣，成為年節時眷村媽媽們犒賞自己的禮物。

當時的旗袍多半都是眷村媽媽們一針一線縫出來

旗袍製作

旗袍製作的流程十分細緻。挑好面料之後，將設計的版型畫在紙板上，剪裁下來後才再畫到面料上。剪裁面料前要先熨燙上牽條，才能讓裁剪後的布邊線頭平整，不產生毛邊。到了車縫時，要先做好收腰及胸型的塑型，再把各個剪裁下來的衣片車在一起，並做好縕邊。最後，再一一將盤扣、鈕扣手工縫製上去。（龐元修＊提供，1960）

的，他們個個培養出一手針線絕活。旗袍的製作過程細緻，一件好的旗袍非常考驗手藝，從選布開始，便考驗著製作者對於布料的熟悉與認識，以及對於旗袍樣式的規劃與剪裁設計。如織錦、古香緞等是較富貴的面料，多是城裡的太太穿的，在清水眷村則相對少見，如果是日常穿用則會選用花素全棉府綢或滌棉細布製作的旗袍，樸素大方之餘也方便清洗整理。

　　信義新村的陳玉蘭、董金菊談到旗袍，便想起當時眷村的婦女們幾乎人人都會量身訂製一套，可見眷村人對於旗袍的喜愛。戰後初期來臺的旗袍師傅，分為上海派與福州派。上海派著重身形剪裁，成品精緻華麗，以官夫人訂製居多；福州派則重視耐穿簡約，布料依身材變化修改，多為庶民日常穿著。當時製作旗袍、西裝的師傅多以男性為主，洋裝、時裝則以女性師傅為主，

眷村女性穿著旗袍參加三供處康樂廳年終晚會和傘廠廠慶。
（孫清雲*提供，1967）

清水眷村內便有一位任職於降落傘廠的杜先生，有著很好的車縫技術，手作的旗袍十分細緻，因此名聲響亮。在眷村經濟稍微起色後，很多眷戶的旗袍都是找杜先生買，雖然製作旗袍的工序複雜、耗時甚多，但透過他專業的巧手做出的旗袍，總是更好穿也更耐看。

清水眷村裡的王彥屏則清楚地記得，母親都會穿著旗袍親自擀麵、做饅頭，顯見旗袍是一種日常生活的穿著。

旗袍除了突顯眷村女性玲瓏有緻的身材，源自中國的服裝還寄藏著濃濃的鄉愁。雖然隨著流行服飾的轉變，旗袍已經從平日的穿著，變成衣櫃裡的珍藏，但眷村人不曾忘記在矮牆上或竹籬笆間隙間，總會有三三兩兩穿著旗袍的眷村女性，美麗煥發地踏著輕盈的步子經過，歡聲笑語地留下一個時代的韻味。

旗袍和洋裝都是當時眷村女性的著裝選擇。
（清水圖書館*提供，1963）

專屬清眷的公車：軍用吉普車

　　軍綠的吉普車在天還未亮前開往眷戶居住的各村，此時的吉普車表面有些潮濕，是清晨晨霧還沒散去，沾染到的露珠痕跡。亮綠的吉普車從果貿、忠勇、陽明等村，一村村把人們接上車，又在晚霞染紅天際的時候，將居民一個個載回家。

　　吉普車有著較高的車身，上車得踏著踏板向上蹬，而吉普車的後座很寬敞，除了頭頂鋪有遮陽、遮雨兩用的防水布外，車身

穿梭眷村接駁的軍用吉普車。（彭建雲＊提供）

兩側僅以鐵架做護欄遮蔽。吉普車要將人們載向何處呢？車上的孩子們在眷村中的幼稚園畢業後，便要到鄰近的公立國小就讀，眷村到學校的路途有點距離，以往尚未普及柏油道路，一路上路況不佳，下過雨後更是滿地坑窪，為了讓學童能夠安全、方便的上下課，軍方便派遣軍用吉普車固定排班接送。

孩子們去上學了，眷村的媽媽們開始打理家務，每日餐食是首要處理的民生大事。早期都得一大清早起床，趕赴鄰近的菜市場採買食材，後期為求方便，眷村內雖也開始發展出自己的市集，並販賣起許多眷村美食：擀麵、泡菜、辣椒菜等等，但仍有許多品項需要到鎮上的大菜市場去採買。

吉普車上大人、小孩各自前往不同目的地，路途中難免遇過幾次意外——有時吉普車輪胎爆胎，幸好駕駛員熟練地卸下爆裂洩氣的舊胎，又迅速換上吉普車一側裝設的備胎，一會兒功夫，車子便又能穩步前行，運送著家家戶戶。每當望見吉普車到了，眷村的人們便知道眷村獨有的公車到站了！

撐起眷村天地的士官兵，則有另外專屬的通勤吉普車載送上、下班，這是為了有效率地分流，讓士兵們到達自己工作的廠區。此外，軍用吉普車也是眷村醫療體系重要的交通工具，全長春回憶起過往的日子，他說每週的一、三、五，軍方會定期派吉普車來，將眷村重症患者載至臺中水湳空軍醫院，讓這些病患受到更好的照護，也減輕一些診療所的醫療負擔，有時週日還會增開加班車以即時讓病患得到治療。

　　眷村的吉普車，是眷戶們熟悉的專屬公車，也是軍方對眷民生活用心照料的寫照。夜行的吉普車會在晚上十點載送末班的眷民，將逛街路上、探訪友人家中、電影院外的眷民接回到眷村，這輛往返市鎮與眷區的吉普車，也成為了眷村與臺灣社會互動的重要橋梁。

銀聯二村外的候車亭。（歐陽璽*提供）

八 清眷的跳舞時代：黑膠唱片

　　信義新村的易清華是著迷於黑膠唱片收藏的人之一。國中的時候，眷村裡吹來了一股聽音響的流行風潮，那時候易清華的家庭與一般眷戶一樣拮据刻苦，想買黑膠唱盤的他，只能選用分期付款的方式。他還記得最早是真空管的留聲機，後來才逐漸發展出黑膠唱片。當時《群星會》的國語歌正流行，村子裡也出過一位明星——張貴芝，當時，只有張貴芝家裡因為唱歌的收入而有一台電視。後來等到眷村人逐漸有了積蓄，

民國七〇年代的黑膠唱片。
（清水圖書館*提供）

群星會

《群星會》為臺灣電視公司（臺視）製作、播出的一檔國語歌唱綜藝節目。首播日期為1962年10月10日，製作人是關華石先生，主持人則為作詞作曲家慎芝女士。《群星會》可說是臺灣電視史上第一個電視歌唱節目。《群星會》播映期間，節目名稱曾經歷過三次修改，起初為《音樂歌舞：群星會》，後續改名《國語歌曲：群星會》，最後改名為《群星會》，主題歌曲為〈群星頌〉，參與演唱及表演人員多為臺灣紅極一時的明星。

並開始盛行互助會（俗稱標會）後，電視等各式家電用品才慢慢在眷村中普及。

　　美軍於1963年進駐臺中機場（今清泉崗空軍基地）至1979年撤離，這裡成為美軍駐臺最久的單位，除了航空軍事上的協防和技術交流外，美國的文化也對臺中地區的飲食、服飾、娛樂、教育、建築等面向帶來影響。在美援年代，清水眷村的居民有許多與駐地美軍接觸的機會，為了與美國人溝通，眷戶紛紛開始學習英文，時不時也會買張西洋黑膠音樂來聽。而引進了黑膠唱片與唱盤後，眷村的高中女學生們也開始興起在家舉辦舞會的風氣，舞會大約一週舉辦兩、三次，每個人都穿著時髦、打扮洋派。

　　清水眷村裡甚至有收藏多達三百多張黑膠唱片的藏家——不僅有西洋的流行金曲〈老鷹之歌〉（El Condor Pasa / If I Could, 1970）、學習英文的《學生之音》第一集到五十多集，還有當時民國五〇年代時下流行的黃梅調《梁山伯與祝英台》，以及流行歌手姚蘇蓉、冉肖玲與後期的文夏、文香等臺語歌手的黑膠唱片，當然也少不了愛國歌曲——從這批黑膠唱片的收藏，便能從中得知當時的流行風潮。

互助會

互助會俗稱標會、會仔，法律上則稱為合會，是由民間組織的一種小額信用貸款，具有籌措資金及賺取利息的功能，盛行於閩南地區，也曾流傳至香港。

「南風吻臉輕輕，飄過來花香濃，南風吻臉輕輕，星已稀月迷濛」熟悉的樂聲，是香港歌手崔萍傳唱臺灣的著名國語歌曲〈今宵多珍重〉。民國四〇至六〇年代，新北市三重地區的黑膠唱片製造廠林立，把時下流行的音樂刻入了一張張黑膠，傳唱進了全臺灣人民的心中，清水眷村當然也沒有錯過這場聽覺饗宴。白光的〈魂縈舊夢〉和〈如果沒有你〉、周璇的〈鳳凰于飛〉、葉楓的〈晚霞〉、葛蘭的〈說不出的快活〉、顧媚的〈不了情〉、靜婷的〈痴痴地等〉……等歌曲，時至今日在情意濃的歌聲中，仍能感受到那個打拚、團結的時代氛圍，黑膠唱盤就是一把歷史的鑰匙，當鑰匙轉動，一個跳舞時代便映入眼簾。

眷村味

　　每個地方都有常民獨特的口味習慣，並與當地的歷史、物產、文化雜揉在一起，成為專屬的風土民情。清水眷村的風味，隨著由貴州、杭州、四川、湖南、雲南等地遷臺的空軍後勤部隊人員及眷屬們，將自中國各地的滋味，在臺中清水發展出懷念的家鄉味。

　　一碗擀麵的香氣飄來，是老清眷人說不盡的鄉愁，鹹香帶辣的回甘豆腐乳、先臭後香的貴州豆豉粑、精心醃漬的泡菜、甘甜醇香的滷味、嗆辣鮮香的辣椒菜、衝到流眼淚的衝菜、無辣不歡的貴州活菜……這些料理中，我們看見奮鬥年代裡眷村人的好手藝；兩面金黃的雲南包穀粑粑、香鬆酥脆的炕油餅、香醇的手工豆腐等麵粉、豆類製品中，清水眷村人以麵為主食的飲食習慣講究而細膩；回甘燻香的年節臘肉、圍爐團聚的火鍋，則表現出眷村味中，除了能品嚐到清水眷村人的家鄉味外，還能感受到眷村人團聚在一起的氛圍，與互助互愛的精神。

在回憶裡擀動的麵

　　擀麵，是清水眷村大多數人的家鄉味，也是人們寄存對於故土的懷想與思念之情的好味道。

　　麵食，是中國北方地區的主食、文化。作為一道歷史悠久的食物，擀麵常被用來作為飯桌上的主食，雖然食材原料簡單，卻也能夠衍生出千百種變化，能改良因應各地方口味做調整，因此廣泛流傳至今。對於清水眷村老一輩的人來說，擀麵吃在嘴裡，就能憶起在北方故鄉的生活；而年輕的眷村二代、三代吃到擀麵時，便想到眷村的爺爺、奶奶，起了個大早煮好的第一碗麵總捨不得先吃，反倒是先讓給了自己……這些都是擀麵帶給眷村人的眷戀。

　　晨起便搬出麵粉袋，到廚房翻找出鋼盆和擀麵棍，這樣在家自製擀麵是清水眷村的日常情景。較講究的做法，會選用優質的中筋麵粉，先用篩子篩過一遍，再將麵粉倒入鋼盆；而老饕則更懂得加入鹽和鹼水與適量的清水調和，逢年過節，偶爾會奢侈的打上一顆蛋來增添麵團香氣。下一刻便是需要耐心地攪拌，力道得均勻，攪拌的方向當然也得一致，以順時鐘耐心地拌著麵團，直至麵粉與水完全融合，最終呈現具有黏性的糊狀，表面也逐漸光滑方能歇息。

　　抓起一撮麵粉鋪灑在桌上，倒出麵糊，開始進行搓揉。起初麵糊濕潤沾手，吸附著手掌難以搓揉，揉製一段時間後，麵糊

表面逐漸光滑，阻力變小，外型也被揉成了圓團狀，此時的麵團已不再黏手，並開始逐漸變硬。下一個製作擀麵的重要步驟是醒麵，要將麵團細心地罩上濕紗布，放置在空氣中蔭晾二十至四十分鐘。發酵後的麵團開始變得圓胖，體積也大了許多，這時就可以揉成粗條狀，切成長短一致的麵條。

　　煮麵是讓擀麵風味醇厚、Q 彈順滑最重要的步驟。清水煮沸後再下麵條，白色的麵條隨即在鍋裡翻滾。與此同時，眷村的媽媽們會在空碗裡打上醬料，依照各家喜好，放入泡菜、豆瓣醬、醬油、醋、蒜水等調味，四至六分鐘後，麵條略微膨脹，就要快

現清水眷村周遭擀麵店林立，倍受當地人及遊客喜愛。
擀麵中佐料也是一門精深的學問，常見的佐料有蒜末、蒜水，以及熟油辣椒等。熟油辣椒的製成工序繁複，需先將紅辣椒洗淨曬乾後切成段，加上花椒、胡椒等乾香料，一同放入礳臼中搗碎成粉末，再將熱油淋入其中即完成。
（林韋錠提供）

速挑起放入碗中，熱騰騰的擀麵與調好的醬料接觸到的一剎，香氣四溢。

煮好後，還得鋪上氽燙好的韭菜段、豆芽與蔥花，才算得上色香味俱全，還有些會澆上一杓的紅蔥頭肥肉哨子油，再將鍋中燒熱的油淋在麵上，與麵碗中的青菜、蔥段、調料交融，可真是十里飄香。

擀麵的吃法除了湯麵與乾麵兩種類別之外，還有涼麵的做法，要將煮好的擀麵瀝乾水分，有些還會先泡一陣子冰水，增加麵體的 Q 彈口感，再澆淋上麻醬、撒上花生粉，這樣製成的涼麵，也是眷村別具一番風味的麵點。

清水眷村的擀麵除了是各家眷戶特有的家常滋味外，也因為眷村人的好手藝而遠近馳名，在附近一帶便林立多間擀麵店，各有各的絕佳好味，各有各的擁護者。在想吃擀麵的日子，不是在家自製就是到外兜一圈挑間擀麵店大快朵頤一番，手上的一碗麵，不僅只是填飽肚子的食物，還有著眷村人對於家鄉味的寄情，更是一碗惜物年代的回憶，一勺鄉愁。

二　鹹香帶辣的回甘豆腐乳

「當年的眷村沒人開餐館，也用不著開，因為想吃哪一省的菜，只要端個碗走進某家就好了。」張道和爽朗地說著。當時臺灣社會的經濟環境與眷村的條件，人們也沒有閒錢上餐館吃飯，眷戶們除了在家中操辦拿手菜，便是做些醃製蘿蔔、泡菜、豆腐乳等易保存的小品。

信義新村的易清華對於眷村菜的記憶中，包子、饅頭反而不常吃到，因為當時的生活拮据，大多都是以醃製蘿蔔及豆腐乳等配菜下飯，簡易地解決一日三餐。同村的胡張順華，也吐露豆腐乳是眷村媽媽都會做的家常配菜。嫁入忠勇新村的王瑜蘭，努力融入眷村生活，並為了配合家庭口味與飲食習慣，默默地跟婆婆學習許多外省菜色，其中，鹹香中帶辣，又有些許甜味回甘的豆腐乳，是她時常做的一味小菜。

豆腐乳雖是一方小巧配菜，但在那個吃稀飯、喝米湯度日的奮鬥年代裡，卻陪伴著無數的眷村人，出現在許多眷村家庭的餐桌上。

三 先臭後香的貴州豆豉粑

　　豆豉粑是貴州菜的一味調味料，形狀呈現深咖啡色長方形，通常用於沾料或煮火鍋用。講起豆豉粑的製作方式，胡張順華印象最深刻的是黃豆煮熟瀝乾後，放置一個多禮拜等待發酵的時刻。因為在這個步驟，會產生令人窒息、難聞的氨氣味，發酵後的黃豆，需要再經歷一個多月的曬製，才會逐漸變成豆豉，撥開後呈現黏稠牽絲狀，再佐以各式香料，如花椒、辣椒、食鹽等拌勻調味，最後用擀麵棍打碎後捏成長條狀，便大功告成！

　　同村的李錦玲和許美珩也笑稱，豆豉粑初始聞著像是腳臭味，一旦沾上身就難以散去，但原本發酵時那一股強烈刺激的味道，最後會轉化出一股濃厚的香氣，加入料理烹調後格外美味，深得老饕喜愛。

　　豆豉粑因為製作過程繁複，發酵的氣味過重的原因，現今的清水眷村住戶，已經很少在家中自行製作，豆豉粑便成為眷村記憶中濃烈卻神秘的風味。許多老眷村人卻仍然記得以往製作豆豉粑時，發酵期間不僅要用紗布蓋實，以免引來蒼蠅，還得盡量選在冬天製作，否則夏季氣味更加薰人，會惹來隔壁鄰里捏鼻的抗議。

▲ 貴州特色菜豆豉粑。
（沁嵐藝文整合有限公司提供）

兩面金黃的雲南包穀粑粑

信義新村的荊佩如，因為外婆是雲南人，家中便常做雲南街邊小吃包穀粑粑。

在雲南方言裡「包穀」是指玉米，「粑粑」則是指搗碎的糯米或其他五穀雜糧做成的餅狀食物，不論烹調方式是煎、烤、炸，都可稱為粑粑。

要製作包穀粑粑，必須先將新鮮玉米粒搗成碎泥，或用石磨磨成泥茸，然後加入適量的糖拌勻，倒入鍋中時要將包穀粑粑攤成厚薄適中的餅狀。當底下的油發出香煎的滋滋聲，玉米香氣也逐漸飄散出來時，兩面金黃、香甜軟糯又營養豐沛的包穀粑粑便完成了。而其他比較方便的做法，也能直接以玉米葉包裹，用蒸籠等器具蒸熟即可。

長大後的荊佩如重新想起外婆拿手的滋味，當初她不愛吃，如今卻甚是懷念。眷村的料理，在時間的魔法中，慢慢流淌出濃厚的情感，獨特的家鄉味道，只有眷村人能聞得出。

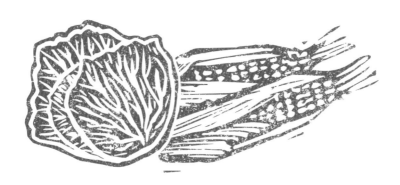

五　日常分享的泡菜

　　清水眷村眷戶大部分都來自四川或湖南，他們將家鄉醃漬泡菜的技術帶來臺灣，讓泡菜成為眷村常見的小菜。高麗菜、紅白蘿蔔、小黃瓜、豇豆、辣椒、嫩薑等能夠醃漬的作物都可以做成泡菜，除了到市場購買之外，眷戶也會利用村里的空地或家中庭院來栽種。

　　製作泡菜的罈子亦是有講究的，通常以陶製、可密封的罈子為佳，醃製時的順序也會因各家口味而有所不同，大部分會將耐放且能承受壓力的紅、白蘿蔔塊鋪墊於最底層，疊上嫩薑，鋪上盤成圈的翠綠豇豆，最後丟入鮮紅辣椒。

　　醃漬過的食材能保存得更久，所以家中若有蔬果吃不完，便會拿來做成泡菜囤放，因此一整年都有不同的泡菜可食。又因為醃製時通常都會一次一大缸地製作，所以眷村裡只要有一家做了泡菜，便會分送左鄰右舍，下次換別人家做泡菜時，也會禮尚往來，所以泡菜怎樣都不會有吃完的時候。

　　泡菜除了作為下酒下飯的小菜，也能用來烹煮料理，可以做成各式燒肉、煮成火鍋或包水餃，有一道泡菜就能輕鬆變換出多種菜色，是當時家家戶戶的必備良菜。每家每戶因為調味配方與醃製時間不同，生產出的泡菜也具備自家的特色味道，是令人懷念的一道眷村滋味。

香鬆酥脆的炕油餅

高齡九十餘歲的唐朝凱，雖已離開中國北方家鄉甚久，但仍難忘炕油餅的滋味。撒上蔥花的油餅麵糰，需要捲起後再桿平，讓蔥花與麵糰均勻融合，「先放麵粉，然後熱水倒下去，筷子再攪拌幾下，麵糰成形後倒出來，上手不斷的揉，讓它變軟，好了以後，鍋內倒上油，均勻放上餅皮，再灑上切得細細的蔥，接著再這樣捲起來……」他一邊仔細地說著炕油餅的步驟，強調著「一塊油餅就有這麼大！」的時候，一邊還用雙手比劃起炕油餅圓大的形狀。張張的炕油餅，堪稱是他的眷村絕味。

唐朝凱說起這一味很是講究。炕，是烘烤的意思，油餅則是類似今日的蔥油餅。因清水眷村的飲食習慣以麵食為主，並且受到美援物資影響的關係，眷村的麵粉製品種類繁多，油餅是其中一種既簡單又好吃的菜色。

炕油餅製作方式簡易，即使家庭式的灶爐不適合炕，眷戶也發展出以煎代替的做法，在鍋內塗一層油，就可以放上麵皮了。炕好或煎製後，香鬆酥脆的油餅就能讓知足的眷村人一餐溫飽。

製作油餅的麵糰不需發酵，用熱水先燙過麵糰，是為了糊化麵粉中的澱粉，增加麵團的吸水度，這樣炕出來的油餅吃起來便富含水分、口感柔軟。若想要口感有嚼勁，用冷水和出來的麵糰筋性好、韌性強，這種做法製成的麵則稱為「死麵」。

香純的手工豆腐

　　王靜芬起了個大早，今晚準備為家人煮鍋活菜，她已想好今晚桌上的各色菜餚，首先得自製家人極愛的手工豆腐，再到信義新村車站搭車到鎮上採買其他食材。出門前，她先到廚房拿起壓在紗布上的木砧板，掀開布的一剎，豆腐已然成形，她才滿意地拿起菜籃，前往村裡的站牌等車。

　　純手工豆腐，又稱「水豆腐」，是眷村很重要的一項傳統食品。王靜芬驕傲地說著母親最擅長的便是水豆腐與菜豆腐的製作。要做出美味的豆腐，得先把黃豆打成豆漿，然後細細過篩、點滷，靜置後凝固才算完成；菜豆腐則是在製作過程中，加入小白菜這一味材料。此外，火鍋、乾煎都能體現豆腐的香純，來自貴州的眷戶，還會將豆腐製成豆腐煲，便於補充體力，口味更是絕好。

八　回甘燻香的年節臘肉

　　逢年過節時，眷村住民們最常製作的
菜色之一，就是燻臘肉。燻臘肉的時候，還
常伴隨街上鐵桶滾動的聲音，眷村的孩子們
一聽便會知道，又有一戶燻好了臘肉，正要
將燻臘肉的鐵桶滾到下一戶，就這樣一路滾
下去，響遍整個年。

　　還記得那時候的清水眷村，過年前夕
家家戶戶都會購買豬肉來製作臘肉。先將五
花肉條加入多種香料醃製，並和秋天後收成
的柚子、橘皮、米糠等，一起放入原本裝
汽油的鐵桶中煙燻，拿甘蔗皮和果皮當柴
燒，臘肉的香油會慢慢被粹出，並留下甘蔗
或果甜味。最後再經歷風乾的耐心等待，便
完成鹹香美味的臘肉。而婆婆媽媽們不僅會
在自家院子醃臘肉、灌香腸，有時也會與鄰
居彼此之間互助合作，鄰里共同歡慶年節的
到來。

　　清水眷村少有的三戶閩南軍眷家庭之
一的王林玉霜一家，對於臘肉，則有改良作

眷戶用來燻製臘肉的鐵
桶。（張蘋*提供）

法，不用果皮或甘蔗渣燻製，而是醃好後直接風乾，別有一番風味。風乾臘肉的時候，還能準備「甜粿」和「發粿」這類閩南人習俗的年菜。

眷村煙燻臘肉的好滋味，除了是眷村人的年菜，也是地方廣知的美味。在銀聯二村陳于桂香的巧手下，開發出臘鴨、臘鵝等品項。花椒、小茴香、八角、肉桂等香料是陳媽媽燻肉時不可少的秘方，配合鹽巴炒出香氣，塗抹均勻於肉上，進行第一次風乾後，再以米酒、高粱酒浸泡約三天，醃入味後以粗糠、橘子皮、甘蔗皮、松枝等為燃料燻製，回甘燻香的臘肉，也是清水一帶在地居民到清水眷村必買的一道佳餚。

九 甘甜醇香的滷味

　　眷村常見的小菜之中，甘甜醇香的滷味，也絕不會缺席於餐桌之上。滷過的食物不僅美味，也能保存得更久，是每個眷戶家庭餐桌上必備的料理。

　　每個家庭都有自己製作滷味的秘方與喜愛的品項，例如滷牛筋、牛腱、豬頭皮、豬尾巴等，或搭配其他常見的食材，例如蔥、薑、蒜，有的也會配上嗆勁十足的辣椒，調好醬汁，配合中藥材與滷包下去熬製，即製成獨特又美味的滷味。想吃時隨時揀選幾項，切上一盤拼盤，就是令人懷念的眷村味。

　　銀聯二村的溫玉蕊，說著滷味並非只是將食物泡在滷料裡，而是需要注意時間、火候，是一門讓時間賦予食物美味的學問。

用來烹調滷味的自製雙耳鋁鍋及滷菜鉤子。（清水圖書館*提供）

滷味不僅是眷村家庭中一道與時間互相等候的料理，也是打拚奮鬥時代的先輩們，保存食物的智慧方式。

清水眷村周遭擀麵店的各式滷味。（林韋錠提供）

➕ 圍爐團聚的火鍋

　　過年團聚吃火鍋，也是眷村居民的共同記憶。火鍋的配料並沒有特別的製作要求，各家眷戶們都可發揮創意，有的會加上炸完豬油的油渣，搭配長豆腐、肉丸和自家種的菜，便是年夜飯桌上的一鍋佳餚；有的則會放入泡菜與自製辣椒醬，加上雞、鴨、魚、牛等肉類，打造不同風味。

　　煮火鍋的早晨，母親會到市場挑選新鮮的白菜、蘿蔔，那是火鍋湯頭鮮甜的秘密，再走幾攤到豬肉鋪買些肉片、到海鮮鋪買些鮮蝦、蛤蜊。回到家後，將前幾日就已開始製作的水豆腐切成塊狀或條狀，把採買的食材一一準備端上桌，便開始期待晚上開動時，家人團圓的樣子與孩子們滿意的表情。

　　火鍋是道製作方式簡單又菜餚豐盛的料理，最重要的不是大魚大肉，而是一家人桌邊的團圓時光，吃火鍋的溫暖氛圍，讓清水凜冽的寒風也不再寒冷。

十一　嗆辣鮮香的辣椒菜

辣椒菜，是以「辣」為主味的一種菜色，這與清水眷村眷戶多半來自貴州、四川的悶熱環境，喜好吃辣的飲食習慣有關。泡椒、朝天椒、花椒都是辣椒菜常見的配料，有些眷戶還會把泡菜裡的辣椒、豇豆與嫩薑加入一起翻炒，增添酸甜口味。

信義新村的胡清平對於自己吃辣的功力頗為自豪，說起以前想吃辣椒菜時，一次就得炒上三斤的朝天椒。李振華也還記得，眷村房屋之間的間距小，廚房又多是加蓋在外，讓眷戶彼此關係緊密，也常有一字排開共同做菜的景象。除了烹調晚餐時會互相分享菜餚外，米、鹽、油、菜等食材也會相互共用，當某家要炒辣椒菜時，隨著油爆聲飄出的嗆辣香氣，一整排房屋內外的人們都會被嗆得眼淚、鼻涕直流，直至今日還記得往昔在眷村吃辣的這件趣事。

十二 衝到流眼淚的衝菜

　　關心清水眷村文化保存的郭凱遠，在清水眷村文化園區現場示範著炒衝菜。眷村的味道，對於今日的眷村人而言，是集體記憶也是特色文化。從味道連結出的是過往的家鄉與在臺灣奮鬥的甘苦歲月。

　　先將芥菜心切段備料齊全，待油鍋熟透，只見郭凱遠熟練地倒入芥菜心爆炒，菜香隨即飄出，他一邊奮力地握著鍋鏟，一邊說著衝菜的精髓當然是要「衝」，現場也瀰漫著「衝到眼淚流」的感受。在還冒著氣時，快速地將炒熱的衝菜裝入罐中封存，約莫兩三天，又香又嗆辣的眷村佳餚衝菜便完成了。

　　有些眷戶認為衝菜的味道有些類似臺灣的芫荽，也嘗試過涼拌做法，加入蔥、薑、蒜調味。清水眷村的味道，來自於貴州、杭州、四川、湖南、雲南等地，口味較重，多重辣，「衝菜」便是獨到的一味。

衝味十足的衝菜。（柯沛瀅提供）

十三　無辣不歡的貴州活菜

　　公車到站後，從敞開的車門走出一個影子。王靜芬提著兩大袋食材與生活物資，剛從鎮上回來。無辣不歡的王靜芬做著一手好菜，辣椒、辛香料是他下廚不可或缺的法寶。今天家裡的水豆腐也完成了，是做「活菜」的好日子。

　　貴州的特色料理被稱作「活菜」，據說是因為下鍋汆燙時，食材還未完全熟透便乘盤，等到上桌時菜還是生的、活的，因而得名。活菜並不特定指某一種菜，而是類似今日的火鍋，鍋

眷村裡的活菜菜餚。
（沁嵐藝文整合有限公司提供）

裡的食材就被稱為活菜。

　　活菜又與臺式火鍋不同。製作方式是在火爐上放一個大鍋子，將辣椒、豆醬等調味料置於鍋底，接著再放入青菜、白菜、絞肉、菜豆腐、水豆腐、萵苣，涮熟了之後配飯吃，像湯比較少的火鍋。這種辛辣的口味也代表著貴州嗜辣的特色，一口菜就能配多口飯。還有一種活菜配料用糯米做成，拿來沾白砂糖和花生也非常好吃。

　　王靜芬走進廚房，開始切著大大小小的蔬菜，以及調配王家活菜必不可少的獨家辛香料。在客廳的家人們，遠遠就能聞到香味，期待著香辣的佳餚，配上白米飯，享受一口接著一口的美味。

　　活菜是清水眷村的媽媽們共同記憶的一道菜色，尤其是到了冬天的時候，信義新村、忠勇新村的婦女們做活菜，會吆喝鄰居前來一同製作與享用，彼此分享食材，並且端著盛滿飯的碗和筷子過去串門子，相聚在一起享受一鍋好料。

清水眷村美食推薦

眷村裡的好滋味，不只存在於眷村的記憶中，如今也持續飄香。擀麵、包子、豆腐和滷味……一道道家常料理，成為清水眷村的特色小吃，等著大家來品嘗。詳細資訊可參考清水區公所網站：https://www.qingshui.taichung.gov.tw/

眷村日常

春

走進清水眷村，居民們的日常生活散落在涼亭、樹蔭與眷舍巷弄間。

讓我們在節慶、地景、自治組織、職業工作、娛樂、鬼故事等等日常參與裡，感受銘刻在眷村人心中的文化底蘊。聽見春節團拜的炮竹炸響了一年的開始；回憶八七水災時人們共同維護家園的一幕幕；守望相助的婦工隊與攜手共度克難年代的自治會成員們……希望在往後的時光裡，替清水眷村打造更好的榮景。

在婦工隊、自治會與三供處的努力之下，眷村的公共空間被活化，旋風國劇社、五八龍燈隊、籃球比賽、釣魚比賽、舞會等娛樂活動繁多，更精采的還有眷戶們期盼的露天電影放映。孩子們會在爺爺膝前聽著鬼故事，好奇地前往鬼洞秘境探險；也會歡欣地在陽光下玩騎馬打仗、殺刀，讓一起翻滾的稻草堆成了忘不了的童年。深入清水眷村的日常，一探簡單生活中的刻骨銘心。

春到福到好運到：春節團拜

　　春節是眷村一年的日子裡最重要的節慶，新年的到來讓眷村矮巷中燃起了炮竹，煙花迸裂後的白煙飄上了屋瓦，與燻臘肉、炒辣椒菜、活菜的鍋氣混在了一起，人們知道，又是一個歡欣、溫暖的春節。

　　孩子們在屋內嬉戲，春節是他們向長輩拜年、說吉祥話、領紅包的日子，雖然舊時候的日子困苦，但眷村的家長們還是會想盡辦法讓孩子過上一個好年，諭示著平安、順利、豐收的一家人又共同跨過了一年，明年也要繼續打拚。拿到紅包的孩子們會歡聚一堂，一起到小鋪買點糖果，有些孩子會懂事地存起來，或許哪日能派上用場、貼補家用。

　　春節的傳統習俗與文化，就這樣隨著戰後來臺的眷村人，成為懷鄉寄託。來自遠方故鄉的年節文化，也就一代代傳承給了自己的孩子，希望後代也能感受到春節的意義與祝福。

　　無論在臺灣社會發展的哪個階段、物資是否豐沛，眷村人在過春節之前，總會認認真真地準備一番。拿起雞毛撢子、掃帚、畚斗，帶著孩子們把家中裡裡外外打掃一遍，連玻璃都會用舊報紙擦亮，大掃除是讓家中帶來新氣象最重要的第一步。

　　街口會有老爺爺揮毫春聯，黑墨在豔紅的紙上勾勒出新年的祝福。老爺爺會送給路過的孩子一兩張「福」字及「春」字的春聯，孩子們則乖巧地向銀髮的爺爺說著吉祥話語。春聯拿回家後，有些家庭會倒過來貼在門上、窗戶上，倒著的福字與春字，象徵著

「福到」及「春到」的吉祥寓意。然而，貼在門內、外及窗戶玻璃上的春聯，除了祝福著自家人，也把春節的快樂與喜氣帶給來拜年或從家門外經過的每一個眷村人。

當打理好屋子，將新春的氣息迎進家門，一年的拚搏也有了能夠小憩的時分。眷村人會開始拜年、走春，探望曾經一起共度戰場經歷生死，並一起在臺灣落地重建家園的朋友們。此時也會捎上一些自家做的菜餚，成為拜年時的伴手禮。看到鄉親們有著一雙兒女，膝下孩子們玩鬧的樣子，大家也互道恭喜，替彼此圓滿的生活感到開心。

春節團拜，則是眷村拜年中最盛大的活動，也是清水眷村所有眷戶齊聚一堂的時刻。春節除了迎新春的喜慶，也講究團圓、團年的寓意，為了準備團拜，每家每戶都會出人手幫忙，包括場所布置、年菜烹飪，形成眷戶們你幫我、我幫你的和樂景況。團拜從吃食到服裝都有講究，清水眷村的眷戶大多來自北方，北方人喜歡吃麵食，從象徵財富的餃子，到有團圓含義的湯圓，都是春節團拜餐宴上常見的菜餚。

待眷村人們聚在一起，紛紛落座，通常會由地方德高望重的人士為大家祝福，說吉祥話，人們彼此祝福道賀，宴席也就展開了。

絡繹的人潮中，看到許久不見的好友、同鄉，心裡是開心也是踏實，更有些懷念。許多穿著新衣新帽的眷村人，有的西裝筆挺，有的在旗袍的襯托下玲瓏有緻，人人手上有茶有酒，邊酌邊說起這一年來的悲歡喜樂，並祝福對方明年更上層樓，相約春節再度歡聚。

夜雨：八七水災回憶

　　海島臺灣，位於亞熱帶季風區，菲律賓海板塊及歐亞板塊交界處，因此常有颱風、地震侵擾。從貴州、四川、湖南等地遷徙而來的清水眷村人，面對臺灣天然風災的強悍，仍有些水土不服。

　　寧靜的傍晚，約莫六點時分，天空開始飄雨，誰也想不到這場雨會帶來一場巨變。那一夜，是清水眷村居民們遷徙來臺後，此生難忘的一幕。1959年八月七日，東沙島鄰近海面形成的熱帶低氣壓衝擊臺灣島，颱風挾帶暴雨，漫漶的水阻絕了公廁，甚至攀上了涼亭的平臺。令人絕望的是，雨勢卻一直不見轉弱，持續侵擾著臺灣全島，並造成中南部嚴重的災情。

　　那年夏天，眷村的孩子們跟著爸爸、媽媽用水瓢、鐵盆，把一直灌入家園的混濁泥水舀出，但無奈雨勢未見消減，客廳淹成了池塘，水漫過腳踝，大人們著急地把貴重的物品及容易泡壞的家具往高處放置。站在眷村的巷子裡，每家每戶都正在往外奮力掃水。在居民們擔憂之際，一排卡其色的軍裝迅疾跑過，在雨中，除了頭頂的鴨舌帽，就再也沒有其他雨具遮蔽，他們扛著一袋袋沙袋，堆在每家每戶的家門口，不畏風雨的國軍正在協助守護眷屬的家園。

　　整治完房屋內，國軍將支援的糧食送進了每戶人家，狂風吹

倒的大樹壓毀房舍，也仰賴國軍軍人的協助，清除枝幹，將破損的屋簷鋪上防水布。簡易地整修後，他們又得趕往下一處救災。

入夜之後，家中一片漆黑，電纜被強風扯斷，媽媽點好蠟燭，要拿到廚房立在灶臺旁，點燃了火爐嘗試蒸些饅頭吃，家中還有儲存的一些口糧，這時候便派上了用場。

暴風雨的夜裡，有些眷舍壞損嚴重，不再能遮風擋雨，眷戶便被安置到眷村的活動中心，大家都在這，也好有個照應。孩子們雖然害怕，但還是會聚在一起找點樂子，他們會一起玩牌，讓時間過得快些，也期待豪雨能盡速停歇，讓家園恢復往日平靜。雨下了兩天，才逐漸轉小，這場「八七水災」帶來的災害，遠比人們想像中的嚴重，不只讓房舍內泥沙遍地，連眷村的巷子都有許多倒下的樹木、遠方池塘沖過來的死魚臭蝦，甚至是公廁中的肥料。

眷戶們捲起褲子、長袖，拿著掃帚、畚斗與麻布袋，一根一根撿起樹枝，一帚一帚掃起泥沙，大家一齊共同整理美麗的家園。你幫我，我幫你，就這樣坍塌的屋頂換上了新的瓦片，滿地樹枝殘葉的涼亭，也還原往日乾淨面貌，眷村人遇災時徬徨冷冽的心，也重新溫暖了起來。

清眷婦女的橋梁：守望相助婦工隊

　　戰後遷臺、百廢待興的時代裡，家中的男人到發動機製造廠、傘廠工作，而操持家務的功臣，自然是這些堅毅的眷村婦女。然而，來臺初期，適應生活環境成為首要的考驗，於是各村組織起了婦工隊，讓人緣好、心地善良的婦女擔任隊長，負責關心每家每戶的生活情況，平日裡也組織一些康樂活動，使清水眷村的婦女們能夠相互扶持，在困苦的生活裡不感到孤獨。

　　早晨的吉普車到站，那是要出發往診療所、市鎮菜市場的眷村公車。「出來搭車囉！」婦工隊隊長提醒著大家，別錯過了車班，不然步行前往鎮上，可是有好長一段距離。一群著卡其色制

中華婦女反共抗俄聯合會為婦聯會之前身，均會到各眷村協助發放美援物資。
（周念慈*提供，1953）

服的軍人井然列隊、搬運物資，領眷糧眷補的時候，村口也當然少不了婦工隊的身影，她們總是在旁協助將物資盡快地分配給每個家庭。

　　婦女間的互助，不僅只是協巡房舍維護治安這麼簡單。她們更細緻到生活層面，小到至別人家廚房借柴米油鹽，大到家中剛出生的孩子，在父母親都忙碌的時候，也會代為照顧。

　　而眷村中的紅白喜事，婦工隊只要聞訊便會出動幫忙。從中國遷移來臺的眷村人，周遭的親戚朋友自然不多，故當家中有大事發生，能夠幫忙操持、看前顧後的人手往往不夠，這時還好有婦工隊，讓一切能夠順利進行。清水眷村的人們都知道，只要有事找婦工隊隊長幫忙，她便會熱心組織鄰里，從買菜、煮菜的基本家務到相關儀式的舉辦，甚至協助收禮、收款，這也讓請不起

《中國婦女週刊》，由中華民國反共抗俄婦聯會主辦，為早期之婦女報導，該刊為蔣宋美齡創辦，為宣導中華婦女「反共抗俄」為意志。（清水圖書館*提供）

禮儀社的眷戶，也能風光體面。然而，也正是這樣無私的貢獻，讓受過幫忙的眷村婦女熱衷於婦工隊活動，她們也希望能和大家一樣積極伸出援手，幫助其他有困難的人。

　　婦工隊與其說是一個守望相助的組織，更不如說是眷村婦女們溝通、交流的橋梁。如果有任何關於眷村生活的問題，問婦工隊隊長準沒錯，想找什麼人，她也能幫你找到，可以說是最了解村子的人之一。婦工隊使清水眷村成為了一個互助互愛的大家庭。

婦女會均會到各眷戶慰問貧民並致贈白米。
（郭泰*提供，1960）

四 攜手共度克難年代：眷村自治會

走入清水眷村，路邊的花草整齊有序，涼亭裡有人正在打太極，有人搧著涼扇下著棋，愜意的眷村生活，來自於眷村自治組織對於公共事務的投入及公共空間的維護。

各村都設有自治會，自治會下設會長、幹事、婦工隊隊長等組織成員，協助處理眷村多元事務，包含眷村活動中心管理、宣傳政令、急難救助，到婚喪喜慶、聯誼、就業等。自治會的設置與戰後來臺初期，軍方管理人員不足有關，並且比起軍方高層，眷戶更了解眷村的現況，也能及時體察、處理問題。

自治會對自動服務鄰里的志工頒發獎狀以致謝。（沈彩文*提供，1989）

　　公廁雖然是許多眷村人童年的夢魘，但也是早期眷村重要的公共空間，當自治會收到軍方提供的工程補助款時，公廁的整治便成為了重點。這些整治的空間的決定，除了有自治會成員明查暗訪得來的結果外，有時也會透過提案投票的方式，畢竟眷村的資源有限，無法全面顧及。

　　自治會究竟有多重要？必須從眷村的建設開始說起，比如清水眷村中的陽明新村活動中心，在初落成的館舍裡，空無一物，村長便會協同眷村自治會成員到村外募集資源，用盡所有人脈關係，只希望能讓眷村的公共空間有更好的器材，提供居民使用。

　　隨著自治會的運作，眷村的大街小巷乾淨整潔，孩童們奔跑其間，有時聖誕節還會有自治會成員到公共空間發糖，讓孩子們享受節慶喜悅。活動中心裡的設備也愈發多了，許多人聚在這裡

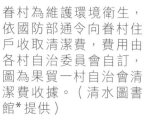
眷村為維護環境衛生，依國防部通令向眷村住戶收取清潔費，費用由各村自治委員會自訂，圖為果貿一村自治會清潔費收據。（清水圖書館*提供）

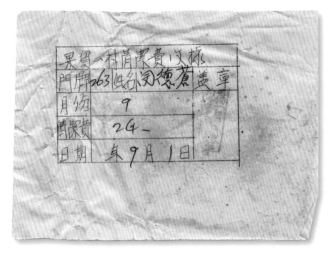

看電視，一旁還有人下棋，翹著二郎腿看書報、雜誌，有時還會邀集三五好友在此歡唱。

此外，自治會也會舉辦籃球賽、衛生麻將等眷村活動維繫人民的感情，並且深入關照每家每戶需要協助修繕的地方，這都是自治會重要的工作之一。

自治會是清水眷村共度克難年代的互助組織，也是實施眷村自治的嘗試。探問眷村人，每每憶起往昔，總能有自治會的身影在眷村人民的生活之中。

五 走過美援的年代：教會活動

　　眷村附近的鰲峰路上，有一間基督教協同會清水南社里教會，居民習慣稱它南社教會。有一些老一輩眷村居民，將過去在大陸的信仰，跟著他們一起延續到臺灣；而另一部分居民，則是透過教堂與教會認識天主教或基督教，獲得心靈的依託及信仰的方向。教會裡的牧師都是美國人，除了固定發放的麵粉、牛奶、糖果等福利品以外，還會發放從美國民間募集而來、捐贈到臺灣的衣服，不過因為身材跟板式不同的原因，大部分捐贈的衣物都有些大，居民們拿回家後，會透過家庭代工以及降落傘廠訓練出的縫製技巧，將衣物再做修改，經過巧手剪裁、重新縫紉、配色、修改長短後，一件件衣物如獲新生。

1960年4月3日在天中國之后堂於清水落成，現為天主教堂。（梅蕙萱*提供）

當時眷村穿的衣物，大多是軍方發的、由卡其布（貧布）所製成，質地較硬。因此，當領到教會發送的衣物都會特別開心，對穿習慣卡其布較粗質料的眷村人來說，美國來的絲綢、棉布作成的衣服，穿起來特別舒適、柔軟。教會這些美國衣物的發放，一年至少發一次，會在做禮拜那天，眷村居民要帶戶口名簿和印章才能領取。教會帶來的信仰，還是稍稍影響了眷村居民日常習慣的轉變，居民們開始習慣做禮拜，甚至會在聖誕節的時候格外慶祝一番。老一輩的眷村人，會認為已經有老祖先傳承下來的信仰，所以對其他宗教應該要有避諱，但年輕一輩的居民對這些忌諱較不以為意，看到鄰居進教會能領取麵粉、牛奶、糖果等食物以及衣

聖誕節時忠勇幼稚園的老師也會帶著小朋友一同慶祝聖誕節。（孫清雲*提供，1966）

眷村的教友結婚均會至天主教堂由神父福證。（徐中雋*提供，1965）

物等補給品，他們也會跟著排隊進去領取。

　　其中，最明顯的信仰轉變，還是祖先牌位祭拜的改變，雖然從中國帶來臺灣的只是簡單的牌位、一張紅紙，但老一輩總會覺得這是中國五千年祖先信仰的傳承，不能忘，每逢年節還是會燃香祭拜，燒紙錢也是必不可少的儀式。然而，年輕一輩的眷村人在教會接觸天主教或基督教活動後，因為燒紙錢和持香祭拜均會牴觸新的信仰，面對家裡供奉的祖先，他們便採取「只拜不燒」的方式，選擇了在信仰與傳統之間共存的模式。

　　當時的教堂為了傳教，除了在教會活動中發放麵包、麵粉、健素糖等物資外，還會協助虔誠的教徒受洗，受洗後會得到教友卡並取有聖名。聖誕節時教會還會辦抽獎活動，來參與的居民會先一起唱完聖歌，有時會共用一些餐點，隨後便是重頭戲的抽獎活動，獎品多半是眷村人需要的生活用品。賈瑪莉的回憶裡，因為哥哥曾與教堂的神父、修女練習英文會話，所以他們也參加過聖誕節的教會活動並抽到一個鋁製洗澡盆，全家當時好不歡欣。

　　清水南社里教會，現今仍佇立在清水區的鰲峰路上，蒼翠的綠樹蔭後，神愛世人的紅字依然顯著，教會裡的聖歌傳唱不斷，牧師和藹地祝福著地方，眷村的居民進入教會禮拜，基督教信仰隨著教會，也逐漸成為眷村多元信仰的一部分。

六　上臺一鞠躬：三供處康樂活動

　　1954年，空軍發動機製造廠的番號撤銷，清水發動機製造廠與清水降落傘製造廠，合併成為空軍第三供應處，也就是後來清水眷村人們口中的三供處。

　　憶起過往，廠歌高唱「憶昔荒山僻野，幾費經營擘劃，巖穴起崇墉」是日常車間的景況，廠歌的內容也激勵著空軍後勤人員們，歷經千辛來到臺灣，要繼續為國家防空安全努力。

　　然而，在尚未遷臺前那個克難艱辛的內戰時代裡，貴州大定發動機製造廠的員工們為了增加廠區的活力，都會置辦許多康樂活動。一年冬天，為了讓廠區員工有春節過年歡天喜地的氣氛，有些京劇愛好者便提議找個舞台，演上幾齣戲。於是，當時幾位對京劇有研究的員工，紛紛登臺亮相，雖然扮相、服裝等都是自

1966年傘廠康樂晚會歌唱表演。（王傳璋＊提供）

己製作，或是請其他居民幫忙縫製，看上去有些陽春，但演員認真的態度，仍獲得臺下群眾如雷的掌聲。以上便是「旋風劇社」的創始過程，他們以票房收入，作為上演一齣齣精彩京劇的基底，也為廠區的康樂活動付出心力。

　　除了京劇，廠區中的話劇愛好者也不在少數。組織完旋風國劇團，隔年又組織了旋風話劇社，並上演沈浮名著《重慶24小時》。演出劇目逐年增加，包括《金玉滿堂》、《陞官圖》、《離離草》等。

　　還有一種與京劇、話劇皆不同的民間藝術「拉洋片」。這項技藝的道具與演員都很精簡，僅需透過一個木箱、一位演員，演藝起來很是便利，因此常在軍中上演。木箱上裝有圓形的凸鏡，表演者會把圖片放在圓鏡上，以燈光照射，邊拉動繩索捲動圖片，圖片到哪張表演者便說唱哪段情節。然而，來到臺灣後，因應環

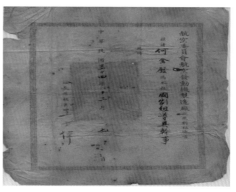

1945年航空委員會航空發動機製造廠旋風劇社聘書及歡送活動留影。旋風劇社由邵詒、董壽莘、唐磐、張明傑、安延濬及其夫人等人創辦。
（《臺中清水眷村文化園區整體規劃案報告書》，2014）

境使然，拉洋片此種表演方式不再設置凸鏡，而是以木架將圖片直接置於中間，省去鏡面與燈光的材料，表演起來雖簡約，但演員的技藝仍能很好地帶動現場氛圍。

這些康樂活動，隨著大定發動機製造廠的員工遷徙至清水眷村，直至合併為三供處後仍持續進行，成為清水眷村的特色活動。五八龍燈隊的表演也是眷村人引頸期盼的，看著五彩的神龍追尋著龍珠在空中飛舞，活靈活現的技巧使觀眾也有了在空中騰翔的感受，春節時龍也代表著祥瑞的祝福，很受眷村人們的喜歡。此外，除了大型的活動，清水眷村各廠區也會舉辦小型的比賽，比如傘廠的釣魚大賽，一眾傘廠員工圍著水塘，專注地

1948年傘廠遊藝晚會，由旋風劇社演出平劇劇目法門寺。（歐陽璽*提供）

拉洋片

（臺中市政府文化局提供）

「拉洋片」，又稱「西洋景」（peep show），或可稱作「西洋鏡」，是民間從事表演藝術時，使用的一種裝置，透過若干幅映畫片的左右推動，產生播映效果，閱聽人則從透鏡中觀賞放大的圖片畫面。西洋景的圖片初期基本為西洋畫作，因此而得名。

盯著手中釣竿的尖端，一旦下沉，隨即提竿，享受魚線與魚互搏的刺激與力道，還能與平時的工作夥伴比比釣魚技巧，很是新奇有趣。

　　三供處的康樂活動，有著從烏鴉洞起飛的傳承，也有著落地清水眷村後，隨著環境融合的文化與智慧，在在都體現生活在清眷人們的活力與團結。

五八龍燈隊

五八龍燈隊由信義新村42戶區的住戶組成，與旋風話劇社、旋風國劇團等，同是清水眷村空軍三供處的康樂活動團體之一，主要負責舞龍舞獅等娛樂表演。

（《臺中清水眷村文化園區整體規劃案報告書》，2014）

七　星光下的電影人生：露天電影放映

　　眷村的竹籬笆上挨著橘紅的太陽，傍晚的涼風吹進眷村內的巷弄，飯後媽媽們便心急地收拾、洗好餐盤，並催促著孩子趕緊寫完作業，因為露天電影等等就要開始放映了。眷村裡每到這樣的電影之夜便充滿了期待和興奮，士兵將卡車駛進村裡，車上滿載著播放電影的器具，到了定點，他們迅速下車，開始搭建著露天電影院。

　　當投影的巨幕設置完成，播放的機器也就定位，各家各戶人手一張矮凳魚貫而出，各個都想搶得絕佳的觀影位置，矮凳不齊整地錯落排列著。如果來得遲了，就只能坐在投影幕的背面，看著蒙上一層白霧、字幕顛倒的電影。外圍竹籬笆上露出一個個期待電影開始的眼神，鄰近窗戶中試圖探頭出來看的人也不在少數。

　　戴著斗笠的婦女，在金燦燦的陽光下，趕著一片橘黃的鴨仔，畫面乾淨、純樸的像幅農村素描，那時的唐寶雲清麗脫俗，軍人背景的葛香亭壯碩有力，李行導演的《養鴨人家》正播映著。在寫實電影裡的農村，是那樣純淨、勤奮而善良，這也勾起了很多眷村人的認同，他們和電影中的主角們一樣，都是打拚的一代。

　　民國五〇年代，除了寫實電影外，香港武俠片也在同個時期進入眷村的視野。賈瑪莉還深刻記得，那時候播放的影片有《獨臂刀王》、《養鴨人家》、《一寸山河一寸血》（又名《揚子江風雲》）、《江山美人》、《梁山伯與祝英台》等，其中《獨臂刀王》是

她觀看露天電影中記憶最深刻的一部，由此可見眷村娛樂吸收多元文化的面貌。

　　露天電影有固定的播放時間，每個月的單數週會在果貿陽明播映，偶數週則會在銀聯二村播放。眷村放映露天電影時，彼此都坐靠得很近，大夥兒總是一起隨著電影情節歡笑或流淚，左右有好友相伴，周遭有鄰居同聚，外圍還有眷村美食香味四溢的攤位，看的除了是電影，還是一種大家相聚的氛圍。每當影片播映完一捲，換下一捲時，經常中斷在劇情的高潮處，便會聽到人們小小的惋惜聲，眾人期待後續的神情，都讓士兵加快更換的速度，大家就這樣一邊欣賞電影，一邊吃點小食，在談笑中度過美好的一晚。

《獨臂刀王》

獨臂刀王方剛（王羽飾），以精湛狠辣的刀法聞名於江湖，年輕時走庄闖寨、無往不利地行走於亂世，然而他卻厭倦了廝殺與復仇，在沉思後便帶著妻子小蠻走入躬耕的隱居生活，山野風景的安逸才真正能安定俠客的心。《獨臂刀王》是由張徹導演指導，1969年香港邵氏電影公司出品的一部武俠電影，劇情改編自金庸的武俠小說《神鵰俠侶》。

⑧ 牌搭子·串門子：麻將、牌九

嫁入眷村的本省女性要怎樣迅速融入外省人的生活圈呢？打桌麻將、推牌九是一個好方法。操持好家務的午後時光，眷村的媽媽們會擺上牌桌，邀三、五好友，享受一段偷閒的時光。

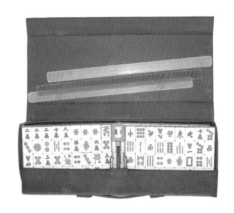

牌桌上外省媽媽用來自各地的鄉音，有一搭沒一搭地叫牌，無論是哪家贏錢，歡騰的笑聲把大家

眷村特有的麻將文化。（臺中市政府文化局提供）

的心都繫在了一起。不管是正在牌桌上打牌，或者是在後面觀牌的婦女們，一邊閒話家常、一邊交流著自家食譜，很快便能跟大家打成一片。有些人甚至會帶上孩子，孩子們便也在一旁玩耍起來，相約等到稻草收割時，再到那兒去遊戲。

因為眷村嚴禁聚賭，所以打的多是衛生麻將，即以娛樂消遣、鄰里聯誼為目的，不涉及金錢的麻將牌局。如果以金錢互搏或有抽牌錢，就可能受到檢舉。收到通報到場的警察會登記人名，有些想從後門偷跑的，便有幾個警察追了上去，眷村巷窄，往往沒幾步路就會被追到，而人們多半都熟識，警察便會以勸告為主。

眷村裡除了麻將外，當然也少不了牌九。牌九跟麻將一樣都是能刺激頭腦思考的益智類遊戲，但不像麻將需要長時間盯著牌桌看，玩法快速的牌九便是短暫休憩時間的好消遣。

牌九

骰盅裡有三或四顆豆兒（即骰子），圍觀群眾對著牌桌丟上一些賭注，下好注後，莊家將三十二只牌牌面朝下，將牌砌成八排，每排四張，以便於發給參與牌局（含莊家）的四人或八人。接著莊家搖骰，骰子擲出的點數，決定了發牌的順序。待骰子點數落定後，莊家向每人包含自己各發四只牌，得到四只牌的牌面後，便得把牌分成兩兩一組。推牌九，需以兩張牌為一組，再與其他參與者進行兩組牌面的比大小，兩組都贏才算勝。

過年的時候，麻將、牌九打得更是兇，一戶人家裡圍著三、四桌在打，不會打的人則在一旁負責包水餃、泡茶水，餃子下滾鍋翻騰兩圈，烏龍茶飄香，孩子們會幫忙把吃食、茶水遞上，然後在一旁等著說福氣話拜年領紅包。牌桌上不只會有親戚，三五好友也會來家裡串門子，就這樣一起過了年。眷村裡的麻將文化，在生活中不僅有著打發時間的功用，更能透過在牌桌上互動交流，增進彼此之間的情誼。

清水眷村中除了麻將、牌九外，還會見到大陸農村遊戲紙牌及大陸地方的「點」牌（又名「湊十四」），為四川、貴州一帶常見的紙牌遊戲。
（清水圖書館＊提供）

九 翩翩起舞樂聲揚：舞會

　　俱樂部裡的人跳著舞，吃著漢堡、喝可樂，西方的文化、飲食與娛樂，隨著美國空軍軍事基地一起駐紮在臺中。忠勇新村的李顯華說起當時中清路有許多的俱樂部，清水眷村的空軍總是羨慕著能去萬象俱樂部跳舞的人們，但當時軍隊紀律嚴明，若是被抓到在俱樂部、舞廳等地方，會被記大過嚴懲。

　　俱樂部裡的黑膠唱盤放著時下流行的樂曲，舞池裡的男男女女跳著悠悠的舞步，昏暗的俱樂部忽然籠罩在一片白光之下，大家心裡便清楚，是軍方來臨檢了，後門竄出三三兩兩的

1966年傘廠晚會舉辦之舞會。（王傳璋*提供）

人往外逃跑，這樣的都市傳說也在眷村流傳著，都說逃出去躲藏的就是軍人。

不過，眷村人也會自己籌辦舞會，那時的公共建設較少，就在自己家的客廳及竹籬笆裡，邀請一些朋友，以香蕉葉、霓虹燈布置場地，準備些美食與飲品。友人會帶來黑膠唱盤播著歌曲，大家聽到什麼音樂便自動跳起搭配的舞蹈，倫巴、探戈靈活地切換，讓眷村午後充滿不一樣的情調。

1968年航幼幼稚園學生畢業時亦會舉辦畢業舞會，顯見幼稚園時期即會教導學童基本舞步。
（孫清雲*提供）

⊕ 眷村秘境：鬼洞

　　眷村人口中的鬼洞，是位於臺中清水鰲峰山公園北側高地，一路通往大甲溪南岸橫山北麓的戰備坑道。坑道是1942年日治時期因應軍事戰備所需建設的，因內部有如迷宮，戰後又被棄置而逐漸荒蕪，加上坑道裡光線不足而顯得陰暗、詭異，被當地居民稱為「鬼洞」。

　　過去，清水鬼洞還沒重新整治時是一處秘密景點。眷村小孩子若想在日常中尋找刺激，往往會跑到鬼洞來測試膽量。俗稱清水鬼洞的這座碉堡戰備坑道，經市府整修後，目前是對外開放的景點，但在民國六〇年代時，其實是被軍方封閉的。一到暑假或元宵節，眷村小孩總是喜歡組隊去冒險，男生拿火把、女生拿燈籠，在那個沒有照明設施的坑道中玩樂。有些調皮的男生會作弄女生，惹得孩子們在鬼洞中傳出高聲的尖叫，洞外的居民都會被叫喊聲給嚇著。

　　關於鬼洞還有另一個傳言，據傳當年日軍已經把坑道挖到大甲鐵砧山，不過小孩子膽量不夠大，進去鬼洞也只敢在白天的時候，更不用說在漆黑的洞裡再往前走上幾公里遠了，所以，孩子們也從未驗證過這個傳說。實際上，鬼洞開放參觀的區域大約三、四百公尺，坑道全長卻延伸有四、五公里之遠，格局呈現H型設計，牆面則是以鵝卵石和鋼筋水泥砌成，一般功能性的生活設施在坑道內也都一應俱全，廚房、廁所、寢室

等等，雖已老舊，但尚能看出過去戰備時日本軍人在此生活遺留下的痕跡。

　　清水鬼洞坑道的內部構造雖然錯綜複雜，但經過整修、加裝照明並對外開放後，舊時荒蕪詭譎的氣氛已轉變為有著獨特歷史氛圍的景點，與鄰近的牛罵頭遺址文化園區、港區藝術中心，形成清水文化觀光的旅遊好去處。

十一　鄉野奇譚：鬼故事

　　臺灣民間各處都有鬼故事，眷村也不例外，但清水眷村的鬼影幢幢與臺灣本地的玄貓、黑山大王、人面牛、鹿王、金穿山甲、金雞、五色鳥等精怪傳說都不一樣，是從中國傳來的一群鬼怪故事。

　　眷村的夜晚，吃完飯也幫忙做完家庭代工的孫子輩總愛圍在爺爺膝前，有時一起聽收音機、有時起鬨著要爺爺講鬼故事。那是在遙遠的中國北大荒，土地貧瘠、人民難以溫飽，官府又無能管控，兵荒馬亂之中，便出現了一群東北大鬍子與山東響馬，他們各自在山間安營紮寨，成立自己的軍隊與旗號，當上了山大王。他們到城裡侵擾地方百姓、私販掠奪來的物資，甚至逼良為娼……當地冤魂陣陣，在大風的夜裡，有時經過都還能聽見鬼哭神嚎的聲音。

　　聽完一個不過癮，爺爺絮絮叨叨地講了下去。有對夫妻不得子，於是到鍾魁廟祈求後，果真不久便懷了一子，直到孩子七歲時，市集上的相士說此子日後必成大器，但卻活不過十二歲。於是相士就叮嚀他們要用紅線護身。孩子果真活過了歲數，直到十五、十六歲的某日，孩子戲水時把紅繩摘下，隨即不幸溺斃。此後夫妻又偶遇相士，苦苦哀求，希望能讓孩子復生，相士指引他們農曆七月趕去酆都或許可以找到兒子。虔誠的夫

妻便遵照吩咐，到酆都城隍廟等，時辰一到，燈光明滅，真見其子騎著白馬，引領著浩蕩軍隊。孩子看著父母開口道：「鍾魁讓我在你家十二載，如今耽誤四年，緣分已盡，現得趕赴酆都走馬上任。」

更刺激恐怖的還有湘西趕屍的鄉野傳奇、酆都鬼城的聊齋奇譚。酆都鬼城位於重慶市下游豐都縣的長江北岸，關於幽都的傳說，眷村人都聽說了一點。那是酆都大帝與十殿閻君管理惡鬼之地，各殿設有刀山、油鍋、火灼等大小刑罰懲戒眾鬼。眷村的孩子們每聽一層，都不禁寒毛直立，窗外突然傳來的貓叫，都能讓人嚇破了膽。

嫁入眷村的本省媳婦，也會帶來臺灣本土的鬼故事。關於貓妖的傳說，是死貓埋在土裡吸收天地靈氣所化成，貓鬼會傷害孕婦及剛出生的嬰兒，為了讓死貓不化為貓鬼，人們會將貓屍吊掛在樹上。

牛頭馬面、七爺八爺、判官等陰間神明的故事，也漸漸成為了眷村鬼故事的一環。這些鬼故事讓年幼的孩童更加害怕在夜晚外出，也不敢自己一個人去陰暗的地方。有的時候，大人們講述的鬼故事，是為了讓孩子們遠離危險而編出來的，大多也都是勸人向善為目的。

十二　一起來玩吧！—— 殺刀、騎馬打仗

放學的鐘聲響起，孩子們跑出校門，這個年代沒有太多的煩惱，下課後也不用再到補習班晚自習，也不用上五花八門的才藝課。

「來啦！一起來玩殺刀！」男孩站在草地上，揮舞著手臂，要大家聚集過來。一群人聚在一起，抓著自己的好朋友迅速分成兩組。

帶頭的男孩繼續說著：「來來來，聽這邊，等等我們一組以那棵大榕樹為基地，另外一組的基地就設定在書包這邊，然後，我們都從基地出發，遇到不同隊伍的人，可以用手當成刀子攻擊對方膝蓋以下或頭部，觸碰成功就算贏！輸的人要乖乖地到對方的基地等待救援，哪一方的人先到達對方基地就算贏，好玩吧！」男孩手舞足蹈地說著，最後露出滿意的笑臉。

「好玩！快開始吧！」一群孩子們此起彼落地回應著。

樹蔭下，幾雙銳利的眼睛盯著書包區，書包區的孩子們也蓄勢待發。「開始！」的喊聲響起，孩子們紛紛前衝，兩軍對陣時，以手刀互相比劃，試圖攻擊對方的小腿或腦袋。

眷村的孩子時常玩在一起，並不會因為遊戲輸贏而傷了感情，孩子們在打鬧間也很快就會原諒彼此之前的小過節。最後哪方陣營勝利，也不再重要，有時殺刀玩到一半，遠方傳來母

親喊吃飯的叫喚，就能瞬間終止一場遊戲，讓孩子們乖乖回家。

　　「一起來玩騎馬打仗囉！」吃完飯的午後，騎馬打仗的遊戲即將開始。誰要扮演哪個角色，總要經過一番討論，較年長的孩子通常會讓年幼的孩童當騎士，是眷村孩子愛護弱小的表現。然而，其實這也是一種遊戲考量，年紀較大的孩子知道，就算讓弟弟妹妹們當馬，也很難贏得這場遊戲，畢竟他們根本扛不起哥哥、姐姐們。騎馬打仗的危險性比殺刀高，有時一不小心

眷村孩童的日常遊戲景象。（孫清雲*提供）

就會從馬背上摔下來，難免會落下幾處傷口。

　　有時父母因為擔心，也會參與孩子們騎馬打仗的遊戲。被高高的父親揹著，就能收獲其他孩子羨慕的神情。童年的遊戲裡，有大榕樹下陰涼的風、父親寬厚的背，更有眷村朋友們的歡笑，那是幸福的童年，大聲喊著：「一起來玩吧！」

十三 夏日的回憶：稻草堆

　　稻穗低垂，飽滿的米粒拖重稻桿，使稻子更接近土壤，好像正在答謝生長的大地一樣。眷村人去幫忙割稻的時候，偶也會把孩子帶到田邊，方便照顧，孩子們會在溝渠間蹦來跳去，有時不小心踩了一鞋泥，就會聽見父親的叫喊，讓小孩們乖巧些，注意安全。高溫的夏日裡，稻田旁的清澈水溝，會聚集一群小孩，他們專心地盯著溝裡游動的大肚魚，還有身體略微透明的蝦子。一隻蝸牛爬在水溝旁，很是緩慢，就像童年蹲在溝渠旁的時光，也是慢慢地流。

　　田裡的大人看著他們，想起小時候的自己，也愛在一叢叢稻草堆旁玩耍。是稻田收割後，農人們會將稻桿束成一小攤，放在田中曝曬兩日得到乾稻草桿，再堆成一個稻草垺，稻草垺以一根柱子為中心，將乾稻草束圍繞著中間柱子，一人在下將稻草束向上拋，一人在上堆疊稻草束而成。這樣堆成的稻草垺，外層將會替內層遮風擋雨，不至於讓乾稻草因泡水而變爛。

　　稻草堆究竟有何妙用呢，讓農人們耐著夏日高溫都要合力儲存、堆放？早年農業社會的資源稀少，稻草可以作為生火材料，煮飯、控窯都會用到，此外，種菜的時候，在菜畦上鋪上稻草堆，阻隔了陽光，也阻止雜草叢生。最終，稻草堆還可以作為堆肥，讓田地再次生機蓬勃，為下一季度的豐收做準備。

　　家門口的稻田旁，有一叢叢的稻草堆，那是眷村的一道田園風景，也曾是眷村孩子們最喜歡的遊樂園。

　　信義新村的易清華難忘的眷村童年裡，便有夏天的稻田。尚年幼的他，夏天收稻時，總會約三五好友到田裡用乾稻草蓋草屋，等到田裡開始翻土了，便再一起去烤地瓜。易清華記憶裡的童年很愜意，一陣陣稻香飄來，那是眷村夏天的味道。

孩童於眷村稻田中玩耍。（臺中市政府文化局提供）

四

這些舊回憶，那些新故事
——清眷人物誌

「眷村」是在一個特定的時空背景下，結合國家體制、空間地景，形塑而成的產物。眷村大觀園裡面登場人物繁多，眾生百相，不同年紀世代的人物，對「眷村」空間有著不同的認知與懷想；來自不同背景的族群，也試圖融入既有的文化氛圍；甚至陸軍、空軍不同軍種，也有各自的生活型態樣貌。這段有著遷移與匯聚的眷村生命經驗，恰印證了《紅樓夢》甄士隱對跛足道人《好了歌》的注解：「亂鬨鬨你方唱罷我登場，反認他鄉是故鄉」。

賣可樂的投彈手

「越過朵朵雲層，眼下便是徐州的土地了……」由運輸機底艙的洞口向下望，沈保應心想，又拉了拉緊綁在身上的安全繩——這無意識的動作已算不清是今天的第幾次了，只為了再三確保繩索牢固和自己的人身安全。他試著再次穩定呼吸、然後沉靜等待，一聲令下，便奮力地將砲彈往前一推，砲彈倏地從底艙洞口落下、漸離漸遠，還沒能確認砲彈是否落在預定的攻擊點，載著沈保應的運輸機已頭也不回地朝反方向飛遠……

當年國軍在歷經多年的對日戰爭取得勝利後，旋即又陷入國共內戰。1948年徐蚌會戰開打，就此離家的沈保應跟著一群流亡學生暫居在南京的安徽會館。住的地方解決了，但吃卻是一大問題，只能在當地人的提點下，每日清晨摸黑排著隊，等著領饅頭、豆漿方稍稍裹腹，來晚了便只能餓上一整日。因此流亡學生一見到南京的空軍配件廠張貼招募學徒的告示，沒有太多的猶疑考慮，一夥共九十八人，便一同前往學徒班的考場報到。年紀尚輕的沈保應在考上配件廠沒多久，馬上就被調到空軍第四供應分處飛機場服勤。

某日，長官把還沒受訓畢業的學員召集起來，從中選出了包含沈保應在內的二十名人員，因為人手不足，要調派他們

支援投彈的任務。沈保應當時只覺得身負重任，但並不知道那是超出想像的轟炸機任務──由於作戰時轟炸機不夠用，原本運送人員及物資的運輸機被改派進行轟炸，但當時使用的美軍運輸機，只有基本的主駕駛、副駕駛、通信員、測量員和機槍手，根本沒有投彈功能，所以沈保應所擔任的「投彈手」實為時勢所趨的新職務──便是把炸彈放在艙內，並在艙底開個洞，僅由飛行員目視確認投彈目標，再由身上綁著安全繩的投彈手將砲彈由艙內推落⋯⋯而隨著共軍的步步進逼，擔任投彈手的沈保應一起和單位從南京撤退到了福州。於此同時，歷史的另一軸線──大定發動機製造廠也由南京遷往廣州。

　　沈保應回想當年長路跋涉的遷臺艱辛，身為投彈手的他隨著部隊從福州搭船至嘉義，上岸後馬上接獲空軍總部指令，又跟著整隊移動到臺中配件廠繼續受訓。到了 1950 年，沈保應正式從配件廠畢業，便一路工作到配件廠被裁撤，由航空工業局接管之時。之後沈保應便來到清水發動機製造廠，也就是後來的「三供處」任職⋯⋯

　　由於戰後美軍曾有一段時間駐紮在清泉崗機場協防，當時只有空軍基地才能喝到極具美國文化象徵的可口可樂。沈保應靈機一動，便想盡辦法將尚未進口臺灣的可口可樂運到營區外販售，這一賣便供不應求。原先只是在眷區經營的小生意，被代理可口可樂的臺灣廠商知道了，還特地派業務員來接洽沈保應，請他負責附近幾個小鎮的正式代理。為了應付龐大的進、

出貨業務量，同時得有三輛貨車在幾個鄉鎮穿梭才能完成。

　　「賣可樂的投彈手」——來臺後經歷的點點滴滴彷彿隨著可樂的氣泡不斷上升，在心中慢慢湧現，沈保應怎麼也想不到，歷經漂泊離散的軍旅生涯後，自己竟會在臺灣的美援時代做起可口可樂的經銷生意。他遙想當年烽火燒到了天邊，他跟著流亡學生一起到南京，當時進入配件廠訓練的同僚，最終平安來到臺灣的只剩四十七位。沈保應此刻正身處臺灣，然而故鄉南京已被占領，所幸他隨時能展開人生的新篇章，他知道新的故事與希望會在清水眷村隨著發動機再次啟動，航入雲際邁向新旅程！

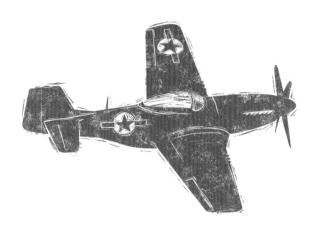

反認他鄉變故鄉

　　艷陽高掛的中午，黃惠雲坐在臺中火車站前的麵攤，有一搭沒一搭地吃著老闆剛端來熱騰騰的一碗麵——她的思緒異常混亂紛雜，所以這麵吃起來有些食不知味。「1949年四月二十八日，」她在心中默念，「這是踏上臺灣島的第一天，這將是我永生難忘的日子……」

　　彷彿命中注定般，六年前的同一天，是黃惠雲跟先生的結婚日。婚後不到半年，黃惠雲剛懷孕，先生就被派到印度卡拉奇受訓。這一去就是一年半，直到1945年才回來。剛回家不久，先生和她又是一路波折，沿著中日戰爭的戰線逃難。她還記得先生搭著軍用大卡車，到故鄉四川成都把一家子接了出來。一路上從川北搭了兩天三夜的車，受盡顛簸，好不容易在陝西漢中定下來。不料兩個月後，又在輾轉搬到安康的路上遭遇空襲，還差點被飛機上落下的彈炮炸死。終於，在安康待上兩、三個月後，等到了終戰的那一天。

　　戰後黃惠雲一家搬到江蘇徐州，本以為能稍微安穩度日，不用再東奔西跑，但後來的四年裡又遭遇與共軍的另一場仗。南京、杭州、江西南昌……不斷遷移的路線、在路途中走丟的孩子，都讓她身心俱疲。黃惠雲稍稍甩甩頭，試著想將往事拋

去，這許許多多事情，都不願再去回首。此時的她，心裡篤定地知道，前方即將出現一個她等待著、也等待著她的身影。無論這幾年遇到多少阻礙分隔，她和先生最終定能像從前的每一次般，排除萬難、相聚相守。

約莫半年前，先來到臺灣的先生以為很快就能反攻回家鄉，吩咐她不要來臺，反讓黃惠雲先去先生的家鄉廣西暫住一段時間。那段獨自待在廣西的日子，他倆分隔兩地，幾乎斷了音訊，這使黃惠雲非常焦心。就在前些時日，恰巧有位熟識已久的軍中好友決定和太太兩人搭飛機到臺灣，便問黃惠雲有沒有意願同行。

此次，她沒跟先生商量，獨自下了此生最果敢的決定——前往臺灣！

黃惠雲回想著來臺灣這一路周折再三，先從廣西坐飛機到湖南衡陽，在衡陽住了一晚。第二天一早，又從衡陽坐了三個半小時的飛機，才抵達臺中水湳機場。剛下飛機，軍方就直接派遣車子將他們一行人送往臺中火車站。這便是黃惠雲此刻坐在麵攤裡的來龍去脈。飢腸轆轆的她跟老闆叫了一碗麵，麵湯蒸騰的熱氣模糊了她的雙眼，也遮蓋欲落下的淚。

「先生正在一處陌生的地方——屏東，大家都說屏東位在這座島的最南邊……」心想到這，她舉起碗，將裡頭最後一口麵和湯一併嚥下，她要盡快去到那裡，盡快見到令她朝思暮想的人！

可往南的火車還得等到傍晚，縱使黃惠雲心急如焚也全然

沒有辦法。終於坐上車抵達高雄，時間已是午夜，已經沒有開往屏東的夜車，只能等待隔日的首班火車。黃惠雲沒去旅館休息，便將就著在火車站候車室的板凳上睡下了。

隔日，天空才濛濛亮，睡眼惺忪的黃惠雲，恍惚間還分不清天南地北，便被身旁吵雜的聲音喚醒，才驚覺火車馬上要開了。大清早從高雄出發的首班列車，差不多三個小時便抵達屏東，她懷揣一顆忐忑的心，今天過後，不知道他們倆將是會定下來生活，還是隔不久又將彼此分離。火車到站，她終於在屏東的北機場見到思念已久的先生，這一見激動卻無言，兩人遙遙望，但黃惠雲知道，她此後的人生再次找到了歸宿。

來臺後黃惠雲一家在屏東安穩度過了十餘年，直到丈夫接獲政府準備施行「陽明山計畫」的訊息，面對要離開好不容易安定下來的家園，黃惠雲起初有些擔心，但一聽到丈夫說要換防到臺中，她不禁會心一笑。「命運真是捉弄人！」──她又回到初落地臺灣，那個曾讓她忐忑未來，卻又期待新生、充滿希望的臺中，並憶起那一碗溫暖心底的麵。

就這樣黃惠雲一家長居清水的果貿一村，為了支撐家計，還開了一家小小的雜貨店，與鄰里相處漸漸融洽後，甚至還擔任過村長和鄰長，心也與清水這個地方緊緊相繫。黃惠雲回想這一生，遭逢歷史變革，只能不斷地被迫離散與遷徙，而今反認他鄉是故鄉的她，除了珍惜在清水眷村這得來不易的安穩生活，也深信未來不管再怎麼艱辛或面對多大的挑戰，只要一家人能緊緊團聚在一地，都能攜手度過！

清水眷村的陸軍小孩

　　小遠倚著窗聽著隔壁家門口喚門的女孩們，兩人相約著要一起出去玩。「要約小遠一起嗎？」其中一個小聲地問著，另一個則瞇著眼、鼓著腮幫子搖搖頭，「但，小遠爸爸好像在家耶……」兩個小孩一起蹦蹦跳跳地出門了。小遠聽著竹籬笆外漸遠的笑鬧聲，落寞地回到書桌前攤開書本，卻看不進一個字。

　　每次父親回到家，氣氛便開始變得沉重而凝滯。父親總會輪流將小遠姐弟叫進書房，仔細詢問近日的課業和考試成績，所以小遠得時刻認真學習，沒辦法自由自在地跟朋友們在外面玩耍。有時小遠會想，父親回部隊，反而是自己好不容易能鬆口氣的時候……

　　銀聯二村的郭凱遠是生長在陸軍家庭的小孩，郭凱遠的父親郭泰是河南人，隨政府遷臺時已是陸軍連長，1949至1957年間隨著部隊移防、旅居各地，最終才落腳清水的銀聯二村。當時搬至銀聯二村的陸軍軍官官階都比較高，因此被分配到的居住空間也比較寬闊，郭家就被分發到兩戶的空間，有個專屬的大庭園，可以養雞、種菜。但郭凱遠的童年卻鮮少與眷村的孩子們在自家院子裡玩耍，更別說邀請他們到家中作客。因為

父親家教十分嚴格，每當郭泰移防回家時，便會讓郭凱遠姐弟在客廳站好，好檢查服裝儀容是否整齊、端正，也因為父親的嚴厲管教，連眷村裡的孩子都害怕郭爸爸的威嚴三分，自然而然也不敢和郭凱遠姐弟一起玩。雖然同樣居住在清水眷村，但陸軍的出身背景，讓郭凱遠和眷村內大多數空軍家庭的小孩，有著截然不同的成長記憶。

「媽媽！爸爸又出門了嗎？」晨起梳洗好準備上學前，看著衣櫃裡掛著如軍服直挺的學校制服和鞋櫃裡擦拭得光亮的皮鞋，小遠便知道父親又回部隊了。因為父親並非時刻在家，所以必須要更獨立自律、更勇敢堅強，這是小遠自小便知道的。雖然父親的威嚴讓她戰戰兢兢，但小遠還是盼著父親回家，每當這時候，母親煮的一桌團圓飯菜總是特別的香。

年幼時的郭凱遠總是認為空軍家庭的小孩比陸軍家庭的孩子幸福。空軍的小孩上學時都會有軍用卡車接送，而陸軍的小孩因為在群體裡是少數，並不會一起搭乘，平常也不玩在一起。更讓她羨慕的是，身為空軍的父親們，因為廠區離眷村近，下班後就能定時回家，陸軍的父親卻需要移防至遠方，家中只留下母親獨自照顧。

郭凱遠的母親原為上海大家閨秀，起初隨丈夫來臺時，對於克難的眷村環境很難適應，很多風俗、飲食習慣都需要磨合。直到成為婦聯會的成員後，在大家互相扶持、陪伴的情況下，才漸漸適應了臺灣生活。看著母親獨立辛苦持家之餘，一

家人對父親的思念和童年的孤寂都令人覺得難熬。

　　小時候的郭凱遠因為父親的個性嚴肅，很少會主動與父親共處一室，但郭凱遠知道在嚴厲的面容底下，藏著顆溫暖疼惜孩子的心，每每要回臺北工作前夕，父親總會將她和弟弟的制服燙好、鞋子擦亮才出門。在父親千錘百鍊的管教下，郭家的小孩都相當努力上進，其中兩位還考上參謀學校，進入國防部工作，承繼著父親保家衛國的職志。

　　而有感眷村文化漸漸消逝的郭凱遠，在致用高中畢業後，進入了清水民眾服務社工作，1980年認識了在黨部工作的先生，然而，在黨部的工作除了結識姻緣外，也認識了許多眷村長輩，郭凱遠在他們的提攜與教誨下，在眷改時期萌生眷村文化保存的想法。她一心想著能替眷村人的過往留下些什麼。郭凱遠以自己的努力，探訪眷村的耆老，關心眷村的建築、文化與文物，更透過先生的歷史系專業背景，在眷村拆遷期間與清水圖書館多次嘗試溝通、合作，成為眷村人與清水圖書館的橋樑，讓部分文史資料及文物能夠捐獻給圖書館典藏，促進清水眷村的文化保存工作。

　　而現在的郭凱遠，已經從等父親回家的小女孩，一躍成為清水眷村文史工作的先驅者之一，對於清水各眷村歷史瞭若指掌，總能娓娓道來七個眷村的前世今生，還能從眷村生活的酸甜苦辣中，勾勒出銀聯二村陸軍家庭的生活面貌。郭凱遠除了共同見證清水眷村文化保存的一頁，也透過眷村文化的永續保

存，希望眷村人、眷村事與眷村的榮耀，不僅長存於心，還能
傳承於眷村的下個世代。

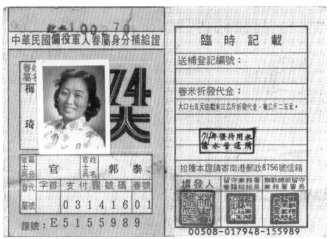

父親郭泰的陸軍眷舍居住憑證及母親梅琦的備役軍人眷
屬身份補給證。（郭泰*提供，1967、1985）

編織舞會

　　看著眼前這棟灰濛濛的高聳建築，「想像中初次約會的場景，應該不是這樣子的……」，隨侍在兄長身旁的賈瑪莉低著頭，手不安的攢著圍巾下擺嘀咕著，同行的還有一位兄長想介紹給她認識的英挺飛官，三個人在筆直寬敞的停機坪散著步，飛官突然停下腳步：「妳知道那棟建築物是幹嘛的嗎？」──這時，賈瑪莉想起母親說過，她和父親第一次見面時，兩人連談話都顯尷尬的畫面。

　　本省籍的母親不會講國語，父親則是不會說臺語。母親的親戚中想當媒人的一位姨婆，自然就費更多心。這位姨婆每日看著自家修鞋店的學徒，越看越覺得上眼，便估量著將這學徒介紹給娘家村子裡待嫁的女孩兒。某日，姨婆帶著學徒來到家中，初次見面，學徒小心翼翼地將女孩兒的腳微微抬起，仔細丈量著尺寸，希望幫她製作一雙合腳的鞋。姨婆在一旁望著，沒有多餘言詞，而這對害羞男女的緣分就此展開。

　　賈瑪莉的母親當年為了貼補家用，便選擇到鄰近眷村的降落傘傘廠應徵，除了得通過車縫技術的測驗和筆試外，還得接受身家調查，方能進到傘廠工作。而心細的母親總是能將別人眼裡無法使用的碎布料，巧手做成拼布，再加工製成家裡隔間

用的布簾、便當盒的提袋、買菜的籃袋……等。而賈瑪莉的染織創作之路，便是這樣自小在母親的耳濡目染之下，源自於眷村的成長經驗所開啟的。從小看著母親和眷村媽媽們一邊聊著天一邊編織毛線，縱使棒針、鉤針在手卻連一眼都不用瞄，便能輕鬆自在地完成背心、襪子等各式織品。所以再複雜的編織技法，都難不倒自小便編織上手的她，賈瑪莉甚至跟著母親接些紡織廠的織繡活或聖誕節前趕著編織紅綠毛衣的代工，以幫忙家計。

　　想起母親的賈瑪莉整了一下脖子上的圍巾，脖子上的這條圍巾，便是母親親手織縫的，在秋冬之際圍起來總是特別暖和。「那棟是測試降落傘的傘塔」——賈瑪莉堅定地回應停下腳步向她問話的飛官。因為在那個年代，每棟房子的高度都差不多，拔地而起的除了空軍機場塔臺外，就是樓高七、八層的傘廠塔樓了。賈瑪莉繼續道：「因為我媽媽是傘廠的品管。她的工作之一便是要爬樓梯到傘廠高塔的最高處，將降落傘拋下。如果傘布有部分沒張開，就表示肯定有缺洞，在廠內沒車縫好。」

　　後來，賈瑪莉並沒有嫁給那位飛官，而是遇上在軍機場擔任航管人員的先生，兩人的緣分如同她的父母般，都相守於清水，共同織築人生的「弦外織音」。

　　賈瑪莉的染織作品曾在世界各地巡迴展覽，但她最想做的主題仍舊是關於眷村的創作，在她的腦海一直有個畫面：棒

針、纖維，一張張古老的藤椅，在某家的院子裡，大家圍成一圈，無論手上鉤什麼、織什麼，重要的是彼此相聚的溫暖。這種溫熱的感覺，使她深深眷戀的那種眷村舊時氣味。

　　而這個編織夢，在她心裡從不曾遺忘，那裡有母親教導的一針一線，也有交織著清水眷村和降落傘廠人們的身影，她要持續以手上的毛線，一針針編織出新的清水眷村夢。

清水眷村的客家女兒

「咚得隆咚鏘！咚得隆咚鏘！」苗栗西湖的某個村莊，陸軍部隊正歡騰地進行舞龍舞獅表演。溫洲在這場表演中被指派扮成媒婆，仔細地抹上濃白的妝、認真地搖擺著舞步和弟兄們一同歡慶。熱鬧的節慶活動結束後，溫州在後台抹卸去濃妝，透出原本清秀的臉龐，正巧被本地人的吳英妹撞見，兩人一見傾心，開始甜蜜相戀。即使日治時期曾擔任地方保正的父親並不看好這段姻緣，但看似柔弱卻個性堅毅的客家女兒吳英妹，毅然決然地跟著當時服役陸軍的窮小伙子溫州走遍天涯。

清水眷村的鄰里多為空軍士官，而溫玉蕊的父親溫州則是陸軍出身。苗栗客家籍的母親吳英妹說著一口流利的客語，所以溫玉蕊從小就學著說，連祖籍廣東的父親在家裡也都說客家話。因為母親出身苗栗客庄的關係，相較於眷村偏好辛辣的菜餚，更常出現在溫家餐桌上的是客家料理與點心，而客家菜餚當然一併成為溫玉蕊記憶中的家的味道。溫玉蕊雖並非出生在清水眷村，但卻長居於此，且熱衷於參與眷村的大小公共事務，從過年團拜等節慶到露天電影院等娛樂活動都能如數家珍。溫玉蕊不但是陸軍小孩，也是客家女兒，更是清眷後代。

　　而溫家來到銀聯二村的故事，得要從祖父輩的年代開始說起。溫玉蕊的祖父曾到泰國謀生，卻因當地的排華風氣，讓他萌生將兒子溫水泉送回中國廣東老家就學的心思。回到廣東的溫水泉，不負所望考上當時的名校「海濱中學」。後來更響應時任委員長的蔣中正「十萬青年十萬軍」號召，進入陸軍官校，改名「溫洲」，這才跟著部隊一路遷徙至臺灣，開啟一生報效國家的軍旅生涯。

　　溫洲後來為了回應與吳英妹在愛情的執著與渴望，也決定帶著太太開始過上浪漫卻刻苦的私奔生活。兩人婚後不久便生下大女兒，但由於溫州軍職的薪水難以支撐一家的房租和

1952年溫州與吳英妹參與軍方所舉辦的團體結婚儀式。（溫洲*提供）

溫州與抱著大姊的吳英妹和外婆合影。
（溫玉蕊提供）

溫州與吳英妹當年的結婚證書。（溫洲*提供）

家用，吳英妹在經濟條件貧乏的情況下，到工地挑磚、後龍磚廠燒窯、白沙屯製鹽場曬鹽，身兼多個工作。讀書不多的她只要能賺錢，什麼苦勞粗活都願意做。1957年溫家輾轉來到彰化芳苑海邊一處眷村，溫玉蕊便是在那時出生的，等到她滿月時，溫家與鄰居鄭家一起搬至臺中清水剛完工的銀聯二村，就此安居下來。

愛的代價總是哀愁與甜蜜相互夾雜。為了家中七名嗷嗷待哺的子女，溫州和吳英妹在銀聯二村大門口左側開墾一大片菜園，小孩們放學回家後都會到菜園幫忙拔草澆水。溫玉蕊也不例外，從小便會幫著母親分擔家務，國小二年級時，還曾與二姐一起抬著裝滿著客家美食如發糕、艾草粿與粽子的鐵桶，從銀聯二村到信義新村叫賣，鄰里們看到乖巧的孩子們，自然會捧場。小學五

年級的時候，家裡的客廳則頓時變成了代工廠，溫玉蕊幫襯著做家庭代工，甚至到菠蘿罐頭工廠去打工。她還記得，當時家中接過的代工品項有毛線帽、圍巾、儀隊服裝穗帶、塑膠花、聖誕燈、聖誕樹……不勝枚舉。

在清水眷村中長大的溫玉蕊，不僅勤奮地幫著家計，也過著精采的童年。麥子成熟的時候，香黏可口，她會邀三五好友一起到麥田裡，撥開麥穀享受美味的麥子。傍晚時分，當軍用卡車開進眷村、圍起竹籬笆，準備要放映電影啦！溫玉蕊就會與居民一起，在星空下的涼風中看著抗戰電影、黃梅調或是邵氏兄弟出版的港片。小時候的溫玉蕊總是會羨慕本省人的家庭在逢年過節的大魚大肉，聖誕夜時，便也想參加教會的彌撒活動，好領到一些點心，但這卻與父親溫州的佛教信仰相背離，她都會摸黑等到晚上父母就寢後，拉著妹妹偷偷地鑽進天主堂，領完麵包再趕緊返家，躲在被窩裡慢慢吃完。

溫玉蕊喜歡看著一張張父母的照片，照片上的母親披著白紗，父親牽著母親的手，眼裡滿是情意。長大以後的她，才慢慢明白在那個年代的婚姻制度下，遠渡重洋到臺灣的父親是多麼不容易才能遇到母親，兩人又是多麼有緣分才能相戀。而她，又是如何幸運地出生在這戶人家。溫玉蕊在眷村家庭的淬鍊下，除了練就一身下廚的好手藝外，也造就了她惜物、樂天的精神。她積極參與眷村公共事務的身影，至今在許多照片、刊物中被記錄著，也被眷村人牢牢記在心中。

排行老三的温玉蕊被母親吳英妹抱在懷中，與大姐、二姐和父親温州於
1958年留下的合影。（温玉蕊提供）

清水女婿．末代村長

　　李鴻樑在草屯出生後，父母便輾轉到臺北圓山工作，定居在一處小小的眷村。小時候，李鴻樑必須要到眷村外就學，當時全班五十幾個人，只有他和另一個同學是來自眷村的外省家庭，其他同學大多是臺籍本省人，他倆便成了同學們眼中的「少數民族」。「外省仔」是本省同學常給他們的稱號，其中有些人就是看他們不順眼，甚至會直接來找他們麻煩，瞧著他們勢單力薄，一起欺負他們。但就算受氣了，李鴻樑當時也不去跟他們爭，畢竟硬碰硬也不是比較好的解決辦法。

　　民國五〇年代，大部分眷村裡的男孩子高中畢業後會選擇兩條路發展：第一條路，書讀得好一點的便去考大學，考上後往往成了全村的喜事；書讀得比較差一點學生會走另一條路去考軍校。這兩個升學選項算是眷村內普遍的概況，也還有一小部分會直接出社會就業。李鴻樑當時選擇報考了軍校，軍校畢業以後，分發到清水服務，也就是在這裡認識了太太沙寶英，並步入婚姻，兩人在銀聯二村定居下來。

　　當時銀聯二村大約有兩百戶眷戶，以軍種比例來看，空軍大概占了三分之二，剩下的三分之一是陸軍，只有一戶海軍。李鴻樑家前面三排三棟都是居住著陸軍同袍。空軍每日都派有

軍用吉普車駛進眷村，一車車接送著空軍弟兄至服務單位上下班，而陸軍多是分屬在不同的地方服役，也沒有接送上下班的接駁車，所以陸軍人數雖多，但較難像空軍們彼此間能培養出緊密的情感。

李鴻樑大多時間都派駐在外島，不是在澎湖，就是在金門、馬祖，往往要三個月才能返家見到小孩，有時候碰到軍中臨時有事，就得間隔更長的時間才能見到孩子。也因為這樣，陸軍家庭大都是由母親一肩扛起照顧孩子的責任，環境使然下，反而促使陸軍媽媽們產生共同情感，大家相互視為姊妹互相支援幫忙，情感自然更加凝聚。

而李鴻樑因小時候曾有被當作少數看待的經歷，在長大後便認為人與人之間應該建立友善的交流，這也讓他非常珍惜每次可以與鄰里互動的機會。人面甚廣的他，在眷村改建前挺身參選民選的末代村長，當選後負責推動眷村改建的收尾工作。他陪著眷戶一個個去國防部辦理文件資料，還要跑法院辦公證，幫忙審看每位眷戶的資格符不符合，再協助辦理手續。

李鴻樑憶及他當村長時，眷村內只要任何一家出事，不論紅白喜喪，其他家戶都會自動自發出面協助。當時全村幾乎沒有請過禮儀社來操辦喪事，守喪時，婦女幫喪家撿菜煮飯；出殯時，男人們則負責管帳、收禮，各自找事打理，自行成為一個緊密的互助組織。

雖然現在眷戶紛紛搬至新建大樓或離開清水，彼此之間少

了以往熱切的互動，加上村里老一輩漸漸離世，過去那種由村長發動、全村集體動員幫忙的鄰里情懷，也逐漸轉變為各自的私人情誼。李鴻樑至今仍會懷念眷村裡無私互助、如同家人一般的感情，眷村中人與人之間的情感羈絆和戶與戶之間的緊密連結是他認為最理想和完美的人際關係，雖然現在彼此之間的聯絡變少，卻也在心中維繫著舊時的惦念。

媽媽的診所

　　星期一是一週之中年幼的李一蘭最喜歡的一天。這天，除了可以穿上禮拜天從南社教會親切的牧師、師母手上新領到的「美國衣服」（即南社基督教會捐贈給貧困教友的衣物）之外，也是工作忙碌的母親固定休假的日子。母親趁著休假空檔，將這些美國衣服用家裡的裁縫機量身修改，不同於硬梆梆的卡其布料，這是教會用募資的方式在美國各地募得的衣物。對他來說，質料彷彿絲綢一般柔順合身。當時只要帶著戶口名簿和印章，去教會排隊就能領得到。

　　李一蘭的父親是廣東五華縣人，年輕時在江西南昌讀空軍機械學校，戰時學校遷到成都，在成都認識李一蘭的母親，兩人於1944年結婚，1947年李一蘭在北京出生。同年，李一蘭的父親想調回廣東任職，但北京司令部回覆廣東沒有缺額，倒是臺灣有。於是李一蘭一家決定欣然赴臺，他們先回到廣東五華，偕同李一蘭的奶奶、堂哥、堂姊等親友一同遷到臺北，在臺北工專（今國立臺北科技大學）附近暫居，後來又遷移至臺南後勤司令部，居住在水交社。

　　1955年春天，李一蘭一家搬到清水南社里，隔年改搬到信義新村乙區，信義新村甲區也於同年開設診療所，為空軍第

二十四診療所。李一蘭的父親便替四川成都高級醫校畢業的母親朱家秀報名診療所的工作。診療所固定週二到週日開放看診，看診時間從早上八時至中午十二時，掛號時間到上午十時，當時收費只要五元的掛號費。下午時段則是診療所用來消毒醫療器材等的整備時間。診療所的人事配置為兩名醫師、一名護士、一名負責掛號的櫃台、一名藥師，總共五名。李一蘭的母親一個月在

李一蘭的母親朱家秀（右一）與診療所負責掛號的同事合影。（（李一蘭提供）

診療所的月薪約400元，她除了擔任護士也兼任助產士，幫忙接生一個小孩可再領得薪資50元。這份診療所的工作一做便是二十年，後來，朱家秀漸漸成為眷村鄰居們口中「負責擦藥的朱小姐」或「負責打針的李媽媽」。在李一蘭眼裡，工作中的母親非常認真，但卻也令眷村的孩子們心生畏懼，因為見到李媽媽就會讓小孩子們聯想起最害怕的事──「打針」。孩子們只要生病進到診療所見到李媽媽，便往往逃不過打針的命運。甚至李一蘭沒生病時，母親偶爾也會幫他打營養針，補充維他命以強健身體。

　　儘管診療所的工作繁忙，但李一蘭上學前，母親還是會幫

家人準備好便當，讓他們帶去學校當午餐。還是學生的李一蘭搭軍用車上下學，當時信義新村的甲乙丙區、陽明、銀聯都各派有一輛接駁車，因為部隊規定軍職人員七點半要搭車，軍中便會派車提前出發，先把孩子們載到一位張姓議員的服務處，再折返回眷村接送軍職人員上班。

習慣照顧人的母親始終認為體力是戰勝疾病的關鍵，生病不用吃藥，只要打打針補充維他命，就能產生免疫力。而李一蘭的父親老年的時候，身體逐漸衰老，母親仍舊會替父親打針，讓父親稍稍恢復體力。「負責打針的李媽媽」，並非浪得虛名。

朱家秀在診療所看診留念。（李一蘭提供）

大漠雄鷹

　　1979年，沙烏地阿拉伯王國（Kingdom of Saudi Arabia）的天際劃過幾架 F-5 戰鬥機，並迎來了八十餘名中華民國國軍大漠計畫特遣中隊成員。這是繼第二次世界大戰後南葉門（People's Democratic Republic of Yemen，葉門人民民主共和國）在國際共產勢力支持的局勢下，向北葉門（Yemen Arab Republic，葉門阿拉伯共和國）發起的軍事攻擊。然而，在沙烏地阿拉伯的斡旋調解下，南、北葉門雖然暫時歇止了戰爭，卻仍暗潮湧動。

　　沙烏地阿拉伯針對南、北葉門的緊張情勢，投入大量的國家經費、啟動多項國際合作計畫，企圖支援北葉門包含購置 F-5 戰鬥機、訓練飛行人員與地勤維修人員，以此鞏固空軍優勢。然而，沙國的軍力有限，需尋找友邦援助，於 1946 以《中

F-5 戰鬥機

F-5 戰鬥機，是美國斯洛普公司於 1962 年推出的輕型戰機系列 F-5A/B 自由鬥士（Freedom Fighter）與 F-5E/F 虎 II 式（Tiger II）的統稱。F-5 戰鬥機出產後，受到美國盟邦與第三世界國家的大量採用，後續各類衍生出的型號，從起初僅有對地攻擊能力的 F-5A，到強化空對空作戰能力的 F-5E，以及有戰術偵察功能的 RF-5 等。

沙友好條約》與沙國締結邦盟的中華民國國軍，在1979年陸續派任先遣隊及第一批計畫人員，以協助支援北葉門 F-5 戰鬥機維護作業及相關飛行維安任務。直至1990年南、北兩國宣布合併後，歷時十一餘年，共派遣十二批國軍前往沙國的「大漠計畫」也劃下了句點。

　　清水果貿一村的鄭繼承，便是大漠計畫中第二批派遣至沙烏地阿拉伯沙那空軍基地的少校機務長。1979年返回嘉義基地的他，接到空軍總部何之涵中校的電話，詢問是否聽聞「大漠計畫」或「和平鐘計畫」，沒過多久，中隊長金康柏中校直接來到辦公室，通知總部即將派任他到大漠的消息。鄭繼承懷著報效國家的心，告別了剛出生的孩子，於1980年搭機抵達波斯灣旁的達蘭國際機場，這是他們抵達沙國的第一站，從此他們將面臨燠熱的中東氣候以及語言、習俗、飲食、文化等的挑戰與適應。

　　穿上沙國的空軍軍裝，肩章上繡著一顆皇冠的少校制服，鄭繼承在沙那空軍基地展開了約莫為期一年的機務長工作。每日早晨的第一件事，是確保飛行維安的 FOD（foreign object

---

FOD

FOD（foreign object damage）在航空領域，指涉任何與飛機或系統無關的顆粒或物質，有可能會造成的外部損壞。這些損害包括鳥擊、冰雹、沙塵暴或飛機跑道上的物體。內部 FOD 危害包括留在駕駛艙內的物品，這些物品會因纏繞控制電纜、堵塞移動部件或短路電氣連接而造成飛行危機。

damage）外部損傷檢查作業，接下來會集合全員早點名，昂揚的中華民國軍歌總會吸引北葉門官兵的圍觀。大漠特遣中隊用來維修的廠區分為兩個區塊，由北葉門空軍 F-5 中隊與第 124 直升機中隊分別使用，廠區內成員呈現中華民國、沙國、美國、義大利、英國、土耳其、巴基斯坦、北葉門的八國聯軍場景。

　　除了 F-5 戰鬥機的維護、修理工程，大漠特遣中隊還需要協助教學，原本使用俄國製作的 15、17 及 19 型戰鬥機的北葉門修護人員，會派遣約十二名成員到廠區現場觀摩、學習，一直到戰鬥機由臺灣試飛官試飛並簽署認可後，才能將 F-5 戰鬥機交由北葉門飛行中隊使用。

　　鄭繼承回憶，每逢阿拉伯國家的回教齋戒月，大漠特遣中隊的工作時間亦會入境隨俗地從早上改為晚上七時開始，當地食物也以牛、羊為主，每兩週需派公差搭乘沙國空軍交通機，前往利雅德購買魚、雞等其他肉品及蔬菜種子。當地的蔬果與臺灣的味道差異頗大，國軍同仁們吃不習慣，因此會買種子回到大漠特遣中隊的獨立營區菜圃種植，鄭繼承說他們種的小白菜長成後，往往忍不住當場拔起吃下，那滋味絕好。

　　環境的適應，對於堅毅的國軍弟兄們來說，並不是最難熬的。1980 年六、七月間，因為利雅德機場武裝劫持事件頻傳，沙烏地阿拉伯因而暫停了空軍運輸補給，寫滿來自臺灣家人關心與問候的家書，也未能送達到隊員們的手上，這一、兩個月

的時間，才是他們心中最煎熬的時刻。

　　1981年元旦，大漠特遣中隊第二梯次任務即將期滿，沙那空軍基地營區升起了青天白日滿地紅的旗幟，軍士官們驕傲地唱著國歌，冉冉升起的國旗在風中，象徵著屹立不倒、完成任務的國軍精神。大漠計畫讓鄭繼承成為沙烏地阿拉伯王國裡的一隻雄鷹，也在他的生命中銘刻下永遠的榮譽。

我是臺灣人

　　還小的時候，鄭佳佳聽不懂那些奶奶口中的為人處事大道理，但奶奶還是喜歡一直講、一直講……爺爺聽到了，也會湊過來，從頭再講一遍過去生活在中國的事。

　　爺爺奶奶說，他們兩家都是做生意的大戶人家，所以在中國過的都是富裕的生活、處處讓人侍奉，想不到來到臺灣，一切都得歸零重新開始。奶奶說起剛到臺灣時，身旁時刻伺候的丫鬟、奶媽都成了過去式，為了一家大小，她第一件事就是學做家務、學做菜。儘管聽著這些絮絮叨叨的話，鄭佳佳在奶奶眼裡看不見哀怨，有的只是認命與釋然，還有一點對往日故鄉的懷念。奶奶總是跟鄭佳佳提起當時的鬧市一條街，說著她記憶中的食物和味道，烤兔肉、片兔肉，還有那個她不曾嚐過的糯米甜粽，奶奶說甜粽是很漂亮的金黃色，淋上糖蜜和黃豆粉就成了絕佳的好味。

　　奶奶過世後，鄭佳佳在收拾遺物、打開奶奶衣櫃的一剎那，發現奶奶果真很懷念過去的生活。衣櫃裡掛滿訂製的旗袍，讓她依稀勾起了回憶。鄭佳佳從小便覺得奶奶彷彿是活在清朝和民國之間的人，每當遇上需要赴會喝喜酒的時候，她總要先陪奶奶去量身定做一套合身的旗袍，展現奶奶年輕時的細

腰身和好身材，後來奶奶隨著年紀增長，身材逐漸變得豐盈，才開始改穿直筒剪裁的旗袍，但仍舊不減優雅氣質。

爺爺奶奶那一代來到臺灣沒有任何的基礎支撐，必須從頭開始學習、適應新的生活和環境，憑藉著自己打拚慢慢融入當地。可是到了下一代——鄭佳佳父親那一代，他們卻覺得並不被所謂的本地人、本省人接納與認同。

鄭佳佳的爸爸是在中國出生，兩歲時被帶來臺灣。對鄭佳佳父母那一代的長輩來說，眷村是很封閉的團體，外省人與本省人的生活圈相互有所區隔，彼此間還偶爾會有糾紛。這樣的認同問題，到了鄭佳佳這所謂的眷村第三代，開始會覺得好像兩者間沒有什麼差別。大家並不會因為你是外省人、眷村人，或是否會講臺語而有所區分。

小學的時候，鄭佳佳有個喜歡聽她講臺語的老師，每次都會指名她起來用臺語念課文。本來那個年代講臺語是要罰錢的，直到她五、六年級的時候，政策才逐漸開放。老師知道鄭佳佳是生長在眷村，完全不會講臺語的外省小孩，就會半開玩笑地點名她，要用帶有口音的臺語念課文。鄭佳佳自己也覺得好玩，雖然完全是四不像發音，但鄰座跟她很好的同學也會你講一句我念一句的玩鬧。鄭佳佳直到嫁給先生之後，才開始學聽臺語、講臺語。

面對他人的提問，鄭佳佳總會回答說：「我在臺灣出生，我是臺灣人。」她喜歡說的是，本來就沒有本省外省之分，除

非你自己心裡有所區分。她想從自己這代開始，消弭上一代劃分出的界線與鴻溝。對鄭佳佳來說，長輩的那一代生活真的是很辛苦，是他們這代沒有辦法體會的感受。而那些困苦的記憶，透過爺爺奶奶、爸爸媽媽的回憶轉述，他們儘管能同理，但也還是希望如同大部分的上一代一樣，將過去生活遇到的辛酸，悄悄藏在記憶的某一個小小區塊。而對於兒時的回憶，鄭佳佳覺得很快樂，有著眷村裡的大哥哥大姊姊陪著一起玩樂，就在家旁邊的水道，一起用網子撈些小魚小蝦，要不就去稻田抓福壽螺。她們第三代出生在這裡、成長在這裡，生活的種種細節早已跟這片土地密不可分，前幾代關於你我族群的界線，早已隨著時間的流轉默默消融於日常的光陰之中。

五

未竟的降落

1950年代前後，國共內戰風雲變色，中華民國政府撤退來臺，短時間湧入將近一百二十萬人。政府一方面接收日軍遺留下來的宿舍，同時也大量興建新宿舍，以安置這群軍公教人員及其眷屬。據統計，臺灣過去曾有將近九百個眷村，眷戶數則高達十一萬戶。眷村直接隸屬於國防部，受到國家制度性的照顧保障，包括油、米、鹽、糧食眷補、教育補貼等。眷村政策的擬定，由國防部總政治作戰部負責，其下則由各軍事單位分別規劃管理，另有關遺眷和無依軍眷、眷村診所等業務，則由聯勤總部（留守業務署）負責。這些系統性的架構，配合既有的特種黨部、婦工隊等，打造了一個特殊的制度空間，加上相對封閉的地理位置，使得「眷村」形成自成一格的文化生態，竹籬笆圈打造出強烈的共同體意識。

這群人隨著大時代的浪潮，從貴州烏鴉洞、杭州起飛，穿越海峽，降落到清水。當初的七個眷村，如今時移事往，除了慈恩二十村外，只剩信義新村的一部分保留作為「臺中清水眷村文化園區」，眷村文化保存的航程正行進中，眷村的故事也仍在持續，而這些未竟的降落，會是如何？

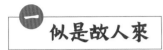

一　似是故人來

　　清水眷村出了不少名人，例如國際知名超導體學者，曾任香港科技大學校長的朱經武（1941-），他出生在湖南，父親朱甘亭原先在南昌機場當飛行員，後來轉任地勤人員。作家龍應台在《大江大海》中曾提及一則逸事，龍應台的父親憲兵隊連長龍槐生1949年奉命駐守廣州天河機場，當時朱父負責押送空軍後勤的黃金上船，途經天河機場時，箱子掉下黃金散落，被憲兵發現攔下。朱父與龍父交涉未果，最後只好空手離去，趕到黃埔碼頭與家人會合，一起坐船至臺灣。朱經武就此在信義新村長大，先後就讀清水國民學校、清水中學初中部與高中部。他在高中階段奠定對物理學興趣，曾自組馬達，高中畢業後念成功大學物理系。朱經武的哥哥朱經文也曾在軍中服務，並擔任修製廠廠長。

　　演藝明星，則是最能跟一般大眾庶民記憶相勾連者，清水眷村也出過不少位。例如一般熟知的影壇長青樹張國柱（銀聯二村，1948-），1968年尚就讀師大體育系時，即拍攝摩托車廣告，但之後仍選擇教書，至1979年才首次拍攝電影《歡顏》，踏入影視圈。2007年以電視《白色巨塔》獲金鐘獎最佳男配角。張國柱也是明星張翰、張震的父親。

　　曹西平（銀聯二村，1959-），當兵時進入藝工隊，1982

年以電影主題曲《野性的青春》走紅歌壇。曹西平的父親曹培芳原先是軍醫，後來在臺中開了和平醫院，是臺中著名的泌尿科醫生。

張貴芝（信義新村四十二戶區），1967年參加中廣公司國語歌唱比賽獲冠軍，參加台灣電視公司第一屆國語、閩南語歌唱比賽獲亞軍。被稱為「中廣冠軍・電視亞后」，與台視簽約成為基本歌星，曾在當時台北著名的夜巴黎、七重天歌舞廳表演，並出版個人專輯《過去的春夢》。

米青順（信義新村），1970年加入當時火紅的「藝霞歌舞團」，後來成為臺柱「藝霞五鳳」之一，也是當時唯一的外省籍霞女。藝霞歌舞團被比喻為臺灣的寶塚樂團，受日本大型歌舞團影響，團員只招收女性。1970-1980年為藝霞的黃金年代，遠赴海外香港、新加坡、馬來西亞演出，票房轟動一時。但負責人過世後，因家族內部對經營無共識，劇團遂於1983年結束。

除了上述大家津津樂道的名人外，清水眷村還有一些與臺灣歷史深刻關連，但較不為人所知的故事。例如先前提及中華民國空軍與北葉門軍事合作的大漠計畫，就需要降落傘廠的人員來協助飛機阻力傘及人員降落傘的修維護工作。再者如臺灣汽車工業的龍頭裕隆汽車，其成立也與清水眷村的發動機製造廠有關。

1953年，裕隆汽車的創辦人嚴慶齡響應政府「發動機救國」號召，在新店設立「裕隆機器製造有限公司」。成立時，苦

　　無人才，嚴慶齡與當時空軍工業局局長朱霖將軍商議，獲同意禮聘發動機製造廠退役技術人員，並向發製廠借用機器設備。直至1957年與美國日本 NISSAN 簽訂技術合作，並在1960年推出以日本進口零件組裝而成代號 YLN-701、1200C.C 的青鳥小轎車（Bluebird），並更名為「裕隆汽車製造有限公司」。

　　當年許多空軍退役人員被聘在裕隆汽車製造廠協助製造汽車，包括早期的廠長曲延壽、副廠長曲長陸、楊傑、張志堅等，以及裝配工場、車身工場、鑄工工場、生管室、檢驗室等部門的主任及工程師。

　　例如劉能建，他是發製廠資深技術人員，曾任車輛股股長、修護課長，退役後進入裕隆與日本日產汽車合作之友聯車材公司工作，之後任該公司協理兼廠長。友聯車材製造零件包括汽車水箱、前輪螺旋彈簧、後輪葉片彈簧、前後座椅。

　　發動機製造廠與裕隆汽車的這段淵源，既是臺灣工業技術史的重要成就，也是清水眷村的特殊印記。

眷村年代的起承轉

　　國府遷臺十餘年，軍民逐漸從戰火的慌亂中安定下來，反攻大陸已然無望，便轉而開始攜手共造腳底下的這片家園，進入眷村發展的新眷村運動時期，或稱之為眷村成長時期（1957-1980年）。1956 年，蔣宋美齡與當時的中華婦女反共抗俄聯合會（後改稱中華婦女反共聯合會，簡稱「婦聯會」）向臺灣省銀行界勸募聯合捐款，籌建眷村，帶領群眾捐建木造、磚造眷舍及職務官舍。清水眷村中的陽明新村、銀聯二村及果貿一村，便是在這個時期建置的，許多居民迄今仍感念婦聯會對眷屬的幫助與照顧。

　　空軍第三後勤支援處單身軍官宿舍，即慈恩二十村，原為日治時期石油公司舊房舍，也是在此時期由婦聯會出資改建為空軍在職軍官官舍，共四棟九十六戶。

　　1966年至1980年，臺灣社會在加工出口區、十大建設、十二大建設的基礎下，奠定了經濟快速發展，財政漸趨穩健的良好前景。1970 年後，臺灣民眾的經濟狀況改善，加上官兵軍眷大多已經安頓，甚至已有積蓄能購屋，此時婦聯會捐建與軍方建造的眷舍比例也逐漸減少。

　　此時期的眷村，無論是軍方自建或婦聯會捐建，因為大多是採用周邊簡易的材料建造，經過時間的沖刷，大部分的眷

舍都已老舊，甚至不堪使用，也不易進行局部維修。除此之外，因為眷戶人口數不斷上升，村民私自增建或改造房舍情況屢見，也造成街道狹小、高矮不一的景觀。原本是郊區的眷村，也因都市發展，孤立於高樓之中，加上眷村第一代人口老化凋零，第二、三代人口外移，種種因素都使得眷村改建勢在必行。

　　國防部在1977年開始研議改建老舊眷村，並於1980年核定頒布《國軍老舊眷村重建試辦期間作業要點》，先在都會區試辦，包括與地方政府合作改建國宅、委由「軍眷住宅合作社」

辦理重建、婦聯會改建職務官舍、遷村、就地整建等五種改建模式，眷村發展自此進入轉折期：產權私有化，引入房地產市場機制；屋舍型態不再是過去的低層樓房，而是垂直發展的公寓大樓；由於同時開放配售與販售，所以住戶也不再以外省族群為主，而是一般社區生活型態。此為「舊制眷村改建時期」（1980-1996年）。

　　1996年公布《國軍老舊眷村改建條例》，軍眷村改建有了法源依據，具強制性，也有法定預算與統一規劃、管理權責。以「不建餘屋」、「建大村，遷小村」、「先建後拆，全面改建」

為原則。至此舊有型態眷舍不再興建，眷村開始加速全面改建，此為「新制眷村改建時期」（1996-2013年）。

值得一提的是，1997年為興建臺中港區藝術館（信義新村旁，原先為清水苗圃），在施工現場發現大批陶片。歷經一連串的考古挖掘和搶救行動，遺址現象包括墓葬、貝塚、灰坑、水井等，出土文化遺物則有陶器、石器，且有生態遺留物，包括獸骨、貝類及碳化種子等等。被認定屬於金屬器時代番仔園文化代表性的考古遺址。

2000年後，眷村文化的保存日益受重視，全臺各縣市政府也陸續辦理相關活動。臺中縣文化局即於2001年十月在銀聯二村舉辦全臺第一個以官方之名舉辦的眷村文化節，眷戶紛紛拿出家中收藏的勳章、地圖和嫁妝、玩具等，媽媽們也熱情烹煮道地眷村麵食小吃，包括當時村長唐梅蘭的大餅、煎餃，馬媽媽有名的山東涼麵，還有劉媽媽的四川麻辣雞、王小姐的酸豆、王大媽的手工麵等。活動內容即開今日全臺各式眷村文化活動先聲，包括美食園遊會、露天相聲、懷念金曲大會串、露天電影播放空軍相關老電影、眷村文物展和裝置藝術展等。

在全面改建的政策主導下，也影響了臺灣的都市容貌，原先我們記憶中熟悉的眷村地景逐漸消失，代之以現代化的高樓大廈，眷村面臨了劇烈的轉向，不免遭遇被拆除的命運，而眷村人則搬遷到新的大樓空間，開始適應起新的環境與生活。清水的舊眷村也在此波改建中多數被拆除，其中「信義新村」眷

舍修繕費用龐大，眷舍也不堪使用，國防部建新國宅時，也曾一度面臨被拆除的風險，所幸在當時地方人士的努力之下，因其地底下正好是中社考古遺址的所在地，具有文化歷史意義，得以被保留下來。

眷村改建的社會化過程，有賴眾多政府相關單位及民間人士的共同投入，促成「眷村文化保存及再生產」的相關法令基礎及實踐行動。其中以2009年國防部與文建會聯合發布的《國軍老舊眷村文化保存選擇及審核辦法》最具代表性，是眷村保存的重要政策，各地開始重視眷村空間與文化的保存議題，信義新村也是由此獲選為「國軍老舊眷村文化保存區」，並於2014年更名為「臺中清水眷村文化園區」，作為眷村文化保存的推動基地。至此，眷村空間或議題走到了另一個轉折處，要開始從眷村人的家園，轉向公眾領域的開放性，被賦予文化傳承的使命，而進入到眾人的視野之中。

影視、文學、藝術、節慶，都是在進行眷村文化保存與推廣的過程中，經常使用的媒介，經由這樣的再現與詮釋，希望傳達給大眾記憶中的眷村生活樣貌與精神，並敘說著為何重要、何以珍貴的普世價值。眷村的故事歷經了起承轉之後，眷村的房舍因稀少而更顯珍貴，而空間場域作為記憶的載體，保留了居住者生活過的痕跡，便是一種最直接的文化傳承方式，穿梭其間的不再只有曾經住在這裡的人們，而是不分年齡、族群、職業、性別，各式各樣的人都能一起參與見證，這個正在起飛中的、未竟的新眷村時代的誕生。

清水眷村大事年表

國內外大事

- 中國航空委員會在昆明籌建航空發動機製造廠。

- 政府選址貴州省大定縣羊場壩的溶洞群中（烏鴉洞、清虛洞）秘密籌建發動機製造廠。定名為「中國第一航空發動機製造廠」，對外稱「雲發貿易公司」。

- 第二次國共內戰。

- 二次世界大戰結束，日本戰敗，政府來臺接管。

- 發動機製造廠奉令遷臺。

- 五月，頒布《臺灣省戒嚴令》。
- 八月，發動機製造廠首批機具運抵臺中水湳機場，人員暫居西屯國小。
- 九月中旬，人員眷屬轉往清水鎮大街路光復紡織廠之臨時員工眷舍暫居。發動機製造廠機具由廣州分廠陸續運抵臺灣。
- 十二月，政府遷至臺灣。

1939　　1940　1942　1945　1947　　　　1949

清水眷村大事

- 日本海軍第六燃料廠新高支廠設於清水，員工宿舍建於今中社、南社里一帶。

- 忠勇新村、和平新村、信義新村、慈恩廿村於清水成立。
- 「空軍降落傘修製廠」自浙江杭州遷入臺中清水。

・韓戰爆發。

・我國與美國簽訂《中美共同防禦條約》，臺灣正式被納入美國防衛體系。

・越戰爆發。

・我國與美國合作實施「陽明山計畫」，由我方提供土地，美方負責工程建設，擴建日治時期的豐原飛行場（公館機場）。
・婦聯會蔣宋美齡向工商業界及僑界募款興建軍眷住宅。

1950　　**1954**　　**1955**　　　**1956**　　**1957**

・原隸屬空軍臺中技術局的降落傘製造廠與發動機製造廠合併，改編為空軍第三供應處（簡稱三供處），隸屬空軍後勤司令部。

・銀聯二村於清水西社里成立，作為空軍、陸軍眷舍。

國內外大事

- 為紀念徐蚌會戰陣亡的邱清泉中將,將臺中公館空軍基地更名為「清泉崗機場」,代號CCK,是當時遠東最大的空軍基地。

- 美軍戰鬥單位進駐臺中公館機場。
- 八二三炮戰。

1958　1959　1960　1966　1967

清水眷村大事

- 聯勤第二二〇一軍眷衛生保健諮詢服務所(診療所)設立。
- 為解決軍眷學童就學,政府商請第三供應處同意在銀聯二村西側撥地一‧八九公頃並由省府撥款四十二萬元,興建教室四間、辦公室一間、宿舍兩間。同年十月十日,成立「清水國民學校中社分校」。一九五九年二月,改制「臺中縣清水鎮建國國民學校」。一九六八年,改稱「建國國民小學」。

- 陽明新村、果貿一村於臺中清水落成。
- 信義新村四十二戶區東側建造完成。

- 信義新村四十二戶區西側、信義新村內區的八戶區建造完成。

- 地方人士商得建國國民學校同意撥讓三‧〇〇三三公頃土地,興建初中。

・七月，國防部頒布《國軍老舊眷村重建試辦期間作業要點》，針對地域性（都會區）部分試辦改建，又稱「舊制眷村改建」。

・我國與美國斷交，美軍撤離清泉崗基地。

・四月，總統蔣中正過世。

1969　　　1975　　1976　　1978　1979　　　1980

・七月一日，「空軍第三供應處」更名為「空軍第三後勤支援處」。

・銀聯二村參加全國新社區競賽，榮獲第一名。

・銀聯二村列入「五年新社區發展計畫」，拆除公廁、抽水泵，重建下水道、溝渠，並成立合作社、市場，改名「西社社區」。

・清水國中由於校地界址無法與建國國小劃分，兩校協商以清水國中名義向空軍爭取位於建國國小北面土地，獲得同意後，再與建國國小舊校舍建築用地交換使用。

國內外大事

- 一月，立法院通過《國軍老舊眷村改建條例》，以全面改建為原則，又稱「新制眷村改建」。

- 一月，總統蔣經國過世。

- 七月，解除《臺灣省戒嚴令》（簡稱解嚴）。
- 十月，通過《赴大陸探親辦法》，開放兩岸探親。

1985　　1987　1988　　　1994　　　　1996　1997　2000　2001

清水眷村大事

- 信義新村活動中心落成。

- 「空軍第三後勤支援處」改遷至花蓮南埔營區，原清水營區由空軍防警二指部及海巡署使用。

- 興建臺中港區藝術中心。
- 挖掘出中社遺址。
- 七月一日，「空軍第三後勤支援處」與「空軍第一後勤支援處」合併為「空軍第三後勤指揮部」。

- 臺中市港區藝術中心落成。

- 聯勤第二二○一軍眷衛生保健諮詢服務所裁撤。

2006	2007	2008	2012	2014	2016	2017	2019	2022

- 果貿陽明新城落成。

- 和平新村改建為和平新城。

- 公告信義新村地下為市定「中社考古遺址」。

- 信義新村獲選為國防部「國軍老舊眷村文化保存區」。

- 信義新村更名為「臺中清水眷村文化園區」。

- 成立清水眷村文化園區駐地工作站。

- 清水眷村文化園區第一期整修工程完工。

- 清水眷村文化園區登錄為「聚落建築群」。

- 清水眷村文化園區駐地工作站更名為「服務中心」。

清眷七村一覽表

眷村	建立年代	戶數	主要軍種
信義新村	1949年接收日遺宿舍	142戶	空軍：發動機製造廠
	1959年增建	192戶	
慈恩十二村	1949年接收日遺宿舍		空軍：臺中空軍第二指揮部
	1981年改建	改建後為四棟96戶	
忠勇新村	1949年空軍興建	八棟72戶	空軍：發動機製造廠
	1968年、1978年翻修		
和平新村	1949年接收日遺宿舍	55戶	空軍：發動機製造廠、降落傘製造廠
	2007年改建	和平新城四棟162戶	

眷村	建立年代	戶數	主要軍種
銀聯十二村	1957年建	二十三棟 200戶	隸屬空軍及陸軍部隊各100戶
	1976年改建為銀聯社區		
陽明新村	1959年建	102戶	空軍： 清泉崗機場 空軍部隊 空軍427聯隊
	1976年翻修		
	2006年改建	果貿陽明新城 696戶	
果貿一村	1959年建	185戶	空軍： 清泉崗機場 空軍部隊
	2006年改建	果貿陽明新城 696戶	

參考書目

▎王志誠主編，2017，《相遇的印記：清水眷村原眷戶訪談》，臺中：臺中市政府文化局。
　　── ，2017，《清水一眷鍾情》，臺中：臺中市政府文化局。

▎全長春，〈憶：臺中縣清水鎮「信義新村」〉，榮民文化網，
　　網址：https://lov.vac.gov.tw/zh-tw/village_c_1_43.htm?8

▎吳敏豪，2016，《以在地老化觀點調查研究臺中清水區果貿陽明新村高齡者之社區與居家生活環境》，東海大學建築學系碩士論文。

▎李南海，2014，〈戰時中國航空工業的關鍵性發展：貴州大定發動機製造廠營運之研究（1939-1949）〉，《臺灣師大歷史學報》第52期，頁133-182。

▎林身振、林炳炎，2016，〈第六海軍燃料廠之接收〉，《高雄文獻》第6卷第3期，頁61-99。

▎林義傑建築師事務所，2014，《「臺中清水眷村文化園區整體規劃（原臺中國際藝術村整體規劃）」報告書》。

▎馬曉蘭，2010，《我們打從眷村來：眷村生活史的考察》，東海大學社會學系碩士論文。

▎張大春主編，2020，《眷戀》季刊，（春、夏、秋、冬）四期，臺中：臺中市政府文化局。

▎曹正華，2016，〈話說「清水眷村」〉，
　　Facebook，網址：https://www.facebook.com/permalink.php?story_fbid=1090240467752001&id=100002981755644

▌陳佳君主編，2021，《方寸之間》，臺中：臺中市政府文化局。

▌陳朝興，2015，〈眷村的空間及其空間性〉，收入《眷村的空間與記憶》，臺中：文化部文化資產局，頁34-85。

▌陳溪松、曾瓊葉主訪，2007，〈臺中信義新村：仝長春先生訪談〉，收入國防部史政編譯室史政處出版社編輯部編：《眷戀：空軍眷村》，臺北：國防部史政編譯室史政處，頁125-136。

▌彭瑞金總編輯，2013，《重修清水鎮志》，臺中：臺中市清水區公所。

▌曾瓊葉，2010，《鐵翼雄鷹：大漠計畫口述歷史》，臺北：國防部政務辦公室史政編譯處。

▌發動機製造廠文獻編輯委員會，2009，《航空救國：發動機製造廠之興衰1939-1954》，臺北：河中出版。

▌賈瑪莉，2004，〈話說清水的眷村〉，《中縣文獻》第10期，頁103-114。

▌歐陽璽，2006，〈銀聯二村與我〉，收入行政院國軍退除役官兵輔導委員會第九處編：《戀戀眷村深深情義》，臺北：行政院國軍退除役官兵輔導委員會，頁99-104。

▌蔡金鼎，2017，〈清水和平新城尋根之旅〉，臺灣東鯤文史協會部落格，網址：https://jimtim168.pixnet.net/blog/post/344476336

▌蔡紹斌，2001，〈再談陽明及果貿兩眷村的文史記錄〉，《南方電子報》，2001年5月2日。

▌賴人碩建築師事務所，2021，《「原清水信義新村聚落建築群保存及再發展計畫」成果報告書》。

《未竟的降落:清水眷村的起、承、轉》

發 行 人 / 陳佳君

策 劃 行 政 / 曾能汀、蕭靜萍、朱瓊芬、柯丁祺
　　　　　　　周武慶、陳佳琦、陳威志、楊莉敏、林玲州

審 查 委 員 / 陳朝興、高鈺昌、袁子賢、趙佳祥

出 版 單 位 / 臺中市政府文化局

地　　　址 / 436038 臺中市清水區忠貞路 21 號

網　　　址 / https://www.tcsac.gov.tw

電　　　話 / 04-26274568

編 輯 製 作 / 好風土文化有限公司

總 編 輯 / 翁健鐘

執 行 編 輯 / 陳筱茵、劉家甯

文 字 撰 寫 / 林皓淳、翁健鐘、陳世華

調 查 顧 問 / 柯沛瀅

美 術 設 計 / 吳欣瑋

地　　　址 / 104073 臺北市中山區民生東路二段 153 號 5 樓

電　　　話 / 02-77303332

信　　　箱 / goodterrior@gmail.com

印　　　刷 / 昱盛印刷事業有限公司

G　P　N / 1011201872

I　S　B　N / 978-626-7374-37-5

定　　　價 / 新臺幣 380 元

出 版 日 期 / 2023 年 12 月

國家圖書館出版品預行編目 (CIP) 資料

未竟的降落:清水眷村的起、承、轉 / 林皓淳,
　翁健鐘, 陳世華文字撰寫 . -- 臺中市 : 臺中市
　政府文化局 , 2023.12
　　面;　公分
　ISBN 978-626-7374-37-5(平裝)

　1.CST: 眷村 2.CST: 歷史 3.CST: 臺中市清水區

545.4933　　　　　　　　　　112021188